biblioteca borges

coordenação editorial
davi arrigucci jr.
heloisa jahn
jorge schwartz
maria emília bender

o informe de brodie
(1970) jorge luis borges

tradução davi arrigucci jr.

2ª reimpressão

Companhia Das Letras

Copyright © 1996, 2005 by María Kodama
Todos os direitos reservados

título original
el informe de brodie (1970)
capa e projeto gráfico
warrakloureiro
foto página 1
ferdinando scianna
magnum photos
preparação
márcia copola
revisão
ana luiza couto
carmen s. da costa

Dados Internacionais de Catalogação na Publicação (CIP)
(Câmara Brasileira do Livro, SP, Brasil)

Borges, Jorge Luis, 1899-1986.
O informe de Brodie (1970) / Jorge Luis Borges ; tradução
Davi Arrigucci Jr. — São Paulo : Companhia das Letras, 2008.

Título original: El informe de Brodie (1970).
ISBN 978-85-359-1295-1

1. Contos argentinos I. Título.

08-06916   CDD-ar863

Índice para catálogo sistemático:
1. Contos : Literatura argentina ar863

[2021]
todos os direitos desta edição reservados à
EDITORA SCHWARCZ S.A.
rua Bandeira Paulista, 702, cj. 32
04532-002—São Paulo—SP
telefone (11) 3707-3500
www.companhiadasletras.com.br
www.blogdacompanhia.com.br
facebook.com/companhiadasletras
instagram.com/companhiadasletras
twitter.com/cialetras

prólogo 7

a intrusa 11
o indigno 17
história de rosendo juárez 25
o encontro 33
juan muraña 41
a velha senhora 47
o duelo 55
o outro duelo 62
guayaquil 68
o evangelho segundo são marcos 78
o informe de brodie 85

prólogo

As últimas narrativas de Kipling não foram menos labirínticas e angustiantes que as de Kafka ou as de James, as quais sem dúvida superam; mas em 1885, em Lahore, Kipling empreendera uma série de contos breves, escritos de forma direta, que reuniria em 1890. Não poucos — "In the House of Suddhoo", "Beyond the Pale", "The Gate of the Hundred Sorrows"— são lacônicas obras-primas; certa vez, pensei que aquilo que um jovem genial concebeu e executou pode ser imitado sem imodéstia por um homem à beira da velhice, conhecedor do ofício. O fruto dessa reflexão é este volume, que meus leitores vão julgar.

Tentei, não sei se com felicidade, a redação de contos diretos. Não me atrevo a afirmar que são simples; não existe na Terra uma única página, uma única palavra, que o seja, já que todas postulam o universo, cujo atributo mais notório é a complexidade. Quero apenas esclarecer que não sou nem nunca fui o que antes se chamava um fabulista ou um pregador de parábolas e agora um escritor engajado. Não aspiro a ser Esopo. Meus contos, como os d'*As mil e uma noites*, querem distrair ou comover, e não persuadir. Este propósito não quer dizer que me encerre, segundo a imagem salomônica, numa torre de marfim. Minhas convicções em matéria de política são suficientemente conhecidas; filiei-me ao Partido Conservador, o que é uma forma de ceticismo, e ninguém me tachou de comunista, de nacionalista, de anti-semita, de partidário de Hormiga Negra ou de Rosas. Creio que com o tempo mereceremos que não haja governos. Nunca dissimulei minhas opiniões, nem sequer nos anos árduos, mas não permiti que interferissem em minha obra literária, exceto quando a exaltação da Guerra dos Seis Dias me pressionou. O exercício das letras é misterioso; o que opinamos é efêmero e opto pela tese platônica da Musa e não pela de Poe, que acreditou, ou fingiu acreditar, que a escrita de um poema é uma operação da inteligência. Nunca deixou de me surpreender que os clássicos professassem uma tese romântica, e um poeta romântico, uma tese clássica.

Afora o texto que dá nome a este livro e que manifestamente procede da última viagem empreendida por Lemuel Gulliver, meus contos são realistas, para usar a nomenclatura hoje em voga. Respeitam, creio, todas as convenções do gênero, não menos convencional que os demais e de que logo nos cansaremos ou de que já estamos cansados. Insistem na requerida invenção de fatos circunstanciais, dos quais há exemplos esplêndidos na balada anglo-saxônica de Maldon, datada do século X, e nas sagas ulteriores da Islândia. Duas narrativas — não direi quais — admitem uma idêntica chave fantástica. O leitor curioso perceberá certas afinidades íntimas. Alguns poucos argumentos me fustigaram ao longo do tempo; sou decididamente monótono.

Devo a um sonho de Hugo Rodríguez Moroni a trama geral da história que se intitula "O Evangelho segundo São Marcos", a melhor da série; receio tê-la prejudicado com as mudanças que minha imaginação ou minha razão julgaram convenientes. Quanto ao mais, a literatura não é outra coisa senão um sonho dirigido.

Renunciei às surpresas de um estilo barroco; também às que querem oferecer um final imprevisto. Preferi, em suma, a preparação de uma expectativa ou a de um assombro. Durante muitos anos acreditei que me seria dado conseguir uma boa página mediante variações e novidades; agora, completados os setenta, creio ter encontrado minha voz. As modificações verbais não atrapalharão nem vão melhorar o que dito, salvo quando elas puderem aligeirar uma oração pesada ou mitigar uma ênfase. Cada linguagem é uma tradição, cada palavra, um símbolo compartilhado; é irrisório o que um inovador é capaz de alterar; recordemos a obra esplêndida mas não poucas vezes ilegível de um Mallarmé ou de um Joyce. É verossímil que essas razoáveis razões sejam um fruto do cansaço. A idade avançada me ensinou a resignação de ser Borges.

Devo dizer imparcialmente que não me preocupo com o *Diccionario de la Real Academia*, "*dont chaque édition fait regretter la précédente*", conforme o melancólico juízo de Paul Groussac, nem com os pesados dicionários de argentinismos. Todos, os deste e os do outro lado do mar, tendem a acentuar as diferenças e a desintegrar o idioma. Lembro a esse respeito a acusação que fizeram a Roberto Arlt de desconhecimento do lunfardo e o que ele respondeu: "Fui criado na Villa Luro, entre gente pobre e malfeitores, e realmente não tive tempo de estudar essas coisas". O lunfardo, de fato, é uma brincadeira literária inventada por compositores de sainetes e de tangos e os moradores dos subúrbios o ignoram, exceto quando doutrinados pelos discos da vitrola.

Situei meus contos um pouco longe, seja no tempo, seja no espaço. A imaginação pode agir assim com mais liberdade. Quem, em 1970, lembrará com precisão o que foram, no fim do século anterior, os arrabaldes de Palermo ou de Lomas? Por incrível que pareça, há escrupulosos que exercem o policiamento das pequenas distrações. Observam, por exemplo, que Martín Fierro teria falado de uma sacola de ossos, não de um saco de ossos, e reprovam, talvez injustamente, o pêlo pampa rosado de certo cavalo famoso.*

Deus o livre, leitor, de prólogos compridos. A citação é de Quevedo, quem, para não cometer um anacronismo que teria sido descoberto com o tempo, nunca leu os de Shaw.

J.L.B.
Buenos Aires, 19 de abril de 1970

---

* As notas introduzidas por asteriscos são sempre do tradutor, e as notas numeradas, do autor.
Alusão provável ao *Fausto*, poema gauchesco de Estanislao del Campo.

a intrusa

2Reis, 1,26

Dizem (o que é improvável) que a história foi contada por Eduardo, o mais novo dos Nelson, no velório de Cristián, o mais velho, falecido de morte natural, por volta de mil oitocentos e noventa e tantos, no município de Morón. A verdade é que alguém a ouviu de alguém, no decorrer daquela longa noite perdida, entre um mate e outro, e a repetiu a Santiago Dabove, por quem eu a soube. Anos mais tarde, ela de novo me foi contada em Turdera, onde havia acontecido. A segunda versão, um tanto mais prolixa, confirmava em suma a de Santiago, com pequenas variantes e divergências próprias do caso. Escrevo-a agora porque nela se cifra, se não me engano, um breve e trágico reflexo da índole dos antigos moradores dos subúrbios. Vou fazê-lo com probidade, mas prevejo desde já que cederei à tentação literária de acentuar ou acrescentar algum pormenor.

Em Turdera eram chamados os Nilsen. O pároco disse-me que seu predecessor recordava, não sem surpresa, ter visto na casa daquela gente uma Bíblia muito usada, de capa preta, em caracteres góticos; nas últimas páginas, entreviu datas e nomes manuscritos. Era o único livro que havia na casa. A incerta crônica dos Nilsen, perdida como tudo se perderá. O casarão, que já não existe, era de tijolo sem reboco; do corredor da entrada se podia divisar um pátio de lajotas vermelhas e outro de terra. Poucos, além do mais, entraram ali; os Nilsen defendiam sua solidão. Nos quartos desarrumados dormiam em catres; seus luxos eram o cavalo, os arreios, a adaga de folha curta, as vestimentas aparatosas dos sábados e o álcool arreliento. Sei que eram altos, de cabeleira arruivada. A Dinamarca ou a Irlanda, das quais nunca tinham ouvido falar, corriam no sangue daqueles crioulos. O bairro temia os dois Vermelhos; não é impossível que devessem alguma morte. Certa vez lutaram ombro a ombro com a polícia. Conta-se que o mais novo teve uma altercação com Juan Iberra, na qual não levou a pior, o que, segundo os entendidos, é muito. Foram tropeiros, quarteadores, ladrões de gado e, algumas vezes, trapaceiros. Tinham fama de avarentos, exceto quando a bebida e o jogo os tornavam generosos. De seus parentes nada se sabe, nem de onde vieram. Eram donos de uma carroça e de uma junta de bois.

Fisicamente diferiam da corja a quem a Costa Brava deve sua alcunha suspeita. Isso, e tudo o mais que ignoramos, ajuda a compreender o quanto foram unidos. Indispor-se com um deles era contar com dois inimigos.

Os Nilsen eram mulherengos, mas seus episódios amorosos tinham sido até então de portão de rua ou de casa de má fama. Não faltaram, pois, comentários quando Cristián levou Juliana Burgos para morar com ele. É fato que assim ganhava uma empregada, mas não é menos verdade que a cobriu de horrendas quinquilharias e que ela as exibia nas festas. Nas pobres festas de cortiço, onde a *quebrada* e o *corte** eram proibidos e onde se dançava, ainda, com muito espaço entre os parceiros. Juliana tinha tez escura e os olhos rasgados; bastava que alguém a olhasse para ela sorrir. Num bairro modesto, onde o trabalho e a falta de cuidado desgastam as mulheres, não tinha má aparência.

No início, Eduardo os acompanhava. Em seguida, fez uma viagem a Arrecifes por não sei que negócio; na volta, levou para casa uma moça que tinha encontrado pelo caminho, mas poucos dias depois a mandou embora. Tornou-se mais retraído; embebedava-se sozinho na venda e não se dava com ninguém. Estava apaixonado pela mulher de Cristián. O bairro, que talvez tenha sabido antes dele, previu com maldosa alegria a rivalidade latente entre os irmãos.

Certa noite, ao voltar tarde do armazém da esquina, Eduardo viu o cavalo preto de Cristián amarrado no palanque. No pátio, o mais velho o estava esperando com seu melhor traje. A mulher ia e vinha com o mate na mão. Cristián disse a Eduardo:

— Estou indo para uma farra na casa do Farías. Deixo aqui pra você a Juliana; se quiser, pode abusar dela.

O tom era entre mandão e cordial. Eduardo ficou algum tempo olhando para ele; não sabia o que fazer. Cristián levantou-se, despediu-se de Eduardo, não de

---

* *Quebrada* e *corte* são figuras da dança do tango, à maneira dos *compadritos*, com lentidão, parada e estreito enlace entre os parceiros. Houve época em que os dançarinos eram proibidos de dançar *sin luz*, ou seja, sem deixar uma brecha de luz, um espaço mínimo, entre os corpos.

Juliana, que era uma coisa, montou no cavalo e saiu trotando, sem pressa.

Desde aquela noite a compartilharam. Ninguém saberá os pormenores daquela sórdida união que ultrajava a decência do arrabalde. O acerto foi bem por algumas semanas, mas não podia durar. Entre eles, os irmãos não pronunciavam o nome de Juliana, nem sequer para chamá-la, mas procuravam, e encontravam, motivos para não estar de acordo. Discutiam a venda de uns couros, mas o que discutiam era outra coisa. Cristián costumava levantar a voz e Eduardo calava. Sem o saber, estavam com ciúme um do outro. No duro subúrbio um homem não dizia, nem dizia a si mesmo, que uma mulher pudesse ter importância para ele, além do desejo e da posse, mas os dois estavam apaixonados. Isso, de algum modo, os humilhava.

Uma tarde, na praça de Lomas, Eduardo encontrou-se com Juan Iberra, que o felicitou por aquela prenda que ele havia arranjado. Foi então, creio, que Eduardo o insultou. Ninguém, na frente dele, ia caçoar de Cristián.

A mulher servia aos dois com submissão bestial; mas não podia esconder certa preferência pelo mais novo, que não recusara a participação mas não a propusera.

Um dia mandaram Juliana levar duas cadeiras ao primeiro pátio e não aparecer por ali, porque tinham de conversar. Ela esperava um diálogo comprido e foi se deitar para dormir a sesta, mas após algum tempo a acordaram. Fizeram-na encher uma sacola com tudo o que possuía, sem esquecer o rosário de vidro e a cruzinha que a mãe havia deixado para ela. Sem lhe explicar nada, puseram-na em cima da carroça e empreenderam uma viagem silenciosa e entediante. Tinha chovido; os caminhos estavam muito pesados e seriam cinco da manhã quando chegaram a Morón. Ali a venderam à dona do prostíbulo. O trato já estava feito; Cristián recebeu a soma e depois a dividiu com o outro.

Em Turdera, os Nilsen, perdidos até então no emaranhado (que também era uma rotina) daquele monstruoso amor, quiseram retomar a antiga vida de homens entre homens. Voltaram às jogatinas de truco, às rinhas de galo, às farras ocasionais. Pode ser que, nalguma ocasião, tenham se julgado salvos, mas costumavam incorrer, um de cada vez, em injustificadas ou bem justificadas ausências. Pouco antes do fim do ano, o mais novo disse que tinha alguma coisa que fazer na Capital. Cristián foi para Morón; no palanque da casa que sabemos reconheceu o cavalo pampa de Eduardo. Entrou; o outro estava lá dentro, esperando a vez. Parece que Cristián lhe disse:

— Se for assim, vamos cansar os pingos. O melhor é a gente mantê-la ao alcance da mão.

Falou com a dona, tirou algumas moedas do cinturão e levaram-na. Juliana ia com Cristián; Eduardo esporeou o pampa para não vê-los.

Voltaram ao que já se disse. A infame solução havia fracassado; os dois sucumbiram à tentação de fazer trapaça. Caim andava por ali, mas o carinho entre os Nilsen era muito grande — quem sabe que rigores e que perigos não tinham compartilhado! — e preferiram desafogar sua exasperação com outros. Com um desconhecido, com os cachorros, com a Juliana, que trouxera a discórdia.

O mês de março estava acabando e o calor não cedia. Num domingo (nos domingos as pessoas costumam se recolher cedo) Eduardo, que voltava do armazém, viu que Cristián punha a canga nos bois. Cristián disse-lhe:

— Venha cá; temos de deixar uns couros na loja do Pardo. Já carreguei; vamos aproveitar a fresca.

A casa de comércio do Pardo ficava, creio, mais ao sul; tomaram o Caminho das Tropas; depois, um desvio. O campo ia se tornando grande com a noite.

Beiraram um capinzal; Cristián jogou o cigarro que acendera e disse sem pressa:

— Ao trabalho, mano. Depois os caranchos vão nos ajudar. Hoje a matei. Que fique aí com seus trastes. Não vai nos dar mais prejuízo.

Abraçaram-se, quase chorando. Agora outro vínculo os unia: a mulher tristemente sacrificada e a obrigação de esquecê-la.

o indigno

A imagem que temos da cidade é sempre um pouco anacrônica. O café degenerou em bar; o vestíbulo que nos deixava entrever os pátios e a parreira é agora um corredor escuro com um elevador no fundo. Assim, acreditei durante anos que a determinada altura da Talcahuano me esperava a Livraria Buenos Aires; uma manhã constatei que fora substituída por uma casa de antiguidades e me disseram que dom Santiago Fischbein, o dono, falecera. Era propriamente obeso; lembro-me menos de suas feições que de nossos longos diálogos. Firme e tranqüilo, costumava condenar o sionismo, que faria do judeu um homem comum, preso, como todos os demais, a uma única tradição e a um só país, sem as complexidades e discórdias que agora o enriquecem. Estava compilando, disse-me, uma volumosa antologia da obra de Baruch Espinosa, aliviada de todo aquele aparato euclidiano que trava a leitura e dá à fantástica teoria um rigor ilusório. Mostrou-me, e não quis me vender, um curioso exemplar da *Kabbala denudata* de Rosenroth, mas em minha biblioteca existem alguns livros de Ginsburg e de Waite que trazem seu selo.

Uma tarde, em que estávamos os dois sozinhos, confiou-me um episódio da vida dele que hoje posso contar. Mudarei, como é de supor, algum pormenor.

Vou lhe revelar uma coisa que não contei a ninguém. Ana, minha mulher, não o sabe, tampouco meus amigos mais íntimos. Já faz tantos anos que aconteceu, que agora a sinto como de outrem. Quem sabe lhe sirva para um conto, que o senhor, sem dúvida, vai abastecer de punhais. Não sei se já lhe disse alguma outra vez que sou entrerriano. Não direi que fôssemos *gauchos** judeus; *gauchos* judeus nunca houve. Éramos comerciantes e chacareiros. Nasci em Urdinarrain, de que mal me lembro; quando meus pais vieram para Buenos Aires, para abrir uma loja, eu era muito pequeno. A algumas quadras ficava o Maldonado e depois os terrenos baldios.

Carlyle escreveu que os homens precisam de heróis. A história de Grosso me propôs o culto de San Martín, mas nele não encontrei nada além de um militar que guerreara no Chile e que agora era uma estátua de bronze e o nome de uma praça. O acaso me proporcionou um herói muito diferente, para a desgraça dos dois: Francisco Ferrari. Esta deve ser a primeira vez que o senhor ouve nomeá-lo.

O bairro não era violento como foram, segundo dizem, os Corrales e o Bajo, mas não havia armazém que

---

* Embora em certos contextos corresponda ao nosso *gaúcho*, o termo espanhol designa um tipo social e histórico que teve importante papel na vida agropastoril e nas lutas internas da Argentina e do Uruguai, no século XIX e início do século XX.

não contasse com sua turma de *compadritos*.* Ferrari fazia ponto no armazém da Triunvirato com a Thames. Foi ali que ocorreu o incidente que me levou a ser um de seus adeptos. Eu tinha ido comprar um quarto de erva-mate. Um forasteiro de cabeleira e bigode apresentou-se e pediu uma genebra. Ferrari disse-lhe com suavidade:

— Diga-me uma coisa: não nos vimos anteontem à noite no baile da Juliana? De onde é que vem?

— De San Cristóbal — disse o outro.

— Meu conselho — insinuou Ferrari — é que não volte por aqui. Há gente sem consideração que é capaz de fazê-lo passar um mau pedaço.

O sujeito de San Cristóbal foi embora, com bigode e tudo. Talvez não fosse menos homem que o outro, mas sabia que a turma estava ali.

Desde aquela tarde Francisco Ferrari foi o herói que meus quinze anos almejavam. Era moreno, mais para alto, robusto, moço bonito à maneira da época. Sempre andava de preto. Um segundo episódio nos aproximou. Eu estava com minha mãe e minha tia; encontramos com uns rapazotes e um falou grosso com os outros:

— Deixem passar: carne velha.

Eu não soube o que fazer. Nisso interveio Ferrari, que saía da casa dele. Encarou o provocador e disse-lhe:

— Se você anda com vontade de se meter com alguém, por que é que não se mete comigo?

---

* O *compadrito* foi, como escreveu Borges, "o plebeu das cidades e do indefinido arrabalde, assim como o *gaucho* o foi da planície e das coxilhas". J. L. Borges e Silvina Bullrich, *El compadrito* (Buenos Aires: Compañía General Fabril Editora, 1968), p. 11.

Foi medindo um por um, devagar, e ninguém respondeu coisa alguma. Sabiam quem era ele.

Encolheu os ombros, cumprimentou-nos e se foi. Antes de se afastar, disse-me:

— Se você não tiver nada pra fazer, passe pelo botequim.

Fiquei desconcertado. Sarah, minha tia, sentenciou:

— Um cavalheiro que faz com que respeitem as damas.

Minha mãe, para me tirar do apuro, observou:

— Eu diria mais exatamente um *compadre* que não quer que haja outros.

Não sei como lhe explicar as coisas. Eu acabei conseguindo agora uma posição: tenho esta livraria de que gosto e cujos livros leio, gozo de amizades como a nossa, tenho minha mulher e meus filhos, filiei-me ao Partido Socialista, sou um bom argentino e um bom judeu. Sou um homem considerado. Agora o senhor me vê quase careca; eu era então um pobre garoto russo, de cabelo vermelho, num bairro dos subúrbios. As pessoas me olhavam por cima do ombro. Como todos os jovens, eu procurava ser como os outros. Tinha posto Santiago no meu nome para escamotear o Jacob, mas ficava o Fischbein. Somos todos semelhantes à imagem que os outros têm de nós. Eu sentia o desprezo das pessoas e me desprezava também. Naquele tempo, e sobretudo naquele meio, era importante ser valente; eu me sentia covarde. As mulheres me intimidavam; eu sentia no íntimo a vergonha de minha castidade temerosa. Não tinha amigos de minha idade.

Não fui ao armazém naquela noite. Quisera nunca tê-lo feito. Acabei sentindo que no convite havia uma ordem; um sábado, depois de jantar, entrei no local.

Ferrari presidia uma das mesas. Os outros eu conhecia

de vista; seriam uns sete. Ferrari era o mais velho, salvo um homem idoso, de poucas e cansadas palavras, cujo nome é a única coisa que não se apagou de minha memória: dom Eliseo Amaro. Um talho atravessava seu rosto, que era muito largo e flácido. Disseram-me, depois, que ele sofrera uma condenação.

Ferrari sentou-me à esquerda dele; fizeram dom Eliseo mudar de lugar. Eu não me sentia muito à vontade. Temia que Ferrari aludisse ao ingrato incidente de dias antes. Nada disso aconteceu; falaram de mulheres, de baralhos, de comícios, de um cantador que estava para chegar e não chegou, das coisas do bairro. No início custaram a me aceitar; depois o fizeram porque era essa a vontade de Ferrari. Apesar dos sobrenomes, em sua maioria italianos, cada um se sentia (e era para os demais) crioulo e até *gaucho*. Um deles era quarteador ou carroceiro ou talvez açougueiro; a lida com os animais os aproximava da gente do campo. Suspeito que o maior desejo deles teria sido ser Juan Moreira. Acabaram me chamando de Russinho, mas no apelido não havia desprezo. Com eles aprendi a fumar e outras coisas.

Numa casa da rua Junín alguém me perguntou se eu não seria amigo de Francisco Ferrari. Respondi que não; senti que ter respondido que sim teria sido uma bravata.

Uma noite a polícia entrou e nos revistou. Um deles teve de ir à delegacia; com Ferrari não se meteram. Quinze dias depois, a cena se repetiu; nessa segunda vez, levaram também Ferrari, que trazia uma adaga na cintura. Talvez tivesse perdido o favor do caudilho local.

Agora vejo Ferrari como um pobre rapaz, iludido e atraiçoado; para mim, naquele tempo, era um deus.

A amizade não é menos misteriosa que o amor ou que

qualquer uma das outras faces desta confusão que é a vida. Suspeitei certa vez que a única coisa sem mistério fosse a felicidade, porque se justifica por si só. O fato é que Francisco Ferrari, o ousado, o forte, teve amizade por mim, o desprezível. Senti que ele se enganara e que eu não era digno daquela amizade. Tratei de fugir dele e não permitiu que eu o fizesse. Esse desastre se agravou pela desaprovação de minha mãe, que não se resignava ao meu convívio com o que ela chamava de gentalha e que eu imitava. O essencial da história que lhe conto é minha relação com Ferrari, não com os sórdidos fatos, dos quais agora não me arrependo. Enquanto dura o arrependimento, dura a culpa.

O velho, que tinha retomado seu lugar ao lado de Ferrari, segredava com ele. Algo estariam tramando. Da outra ponta da mesa, julguei perceber o nome de Weidemann, cuja tecelagem ficava nos limites do bairro. Pouco tempo depois, encarregaram-me, sem maiores explicações, de rondar a fábrica e de ficar de olho nas portas. Já estava entardecendo quando atravessei o riacho e os trilhos do trem. Lembro-me de algumas casas espalhadas, de um bosque de salgueiros, de alguns terrenos baldios. A fábrica era nova, mas de aspecto solitário e arruinado; sua cor vermelha, na memória, confunde-se com o poente. Era cercada por uma grade. Além da entrada principal, havia duas portas no fundo voltadas para o sul e que davam diretamente para os cômodos.

Confesso que tardei a compreender o que o senhor já terá compreendido. Fiz meu informe, que outro dos rapazes corroborou. A irmã dele trabalhava na fábrica. Se a turma faltasse no armazém num sábado à noite, o fato seria lembrado por todos; Ferrari decidiu que o assalto seria feito na sexta-feira seguinte. Eu teria de ficar à espreita. Era melhor que, enquanto isso, ninguém nos visse juntos. Quando estávamos só nós dois na rua, perguntei a Ferrari:

— O senhor tem confiança em mim?

— Sim — respondeu-me. — Sei que se comportará como um homem.

Dormi bem naquela noite e nas seguintes. Na quarta-feira disse a minha mãe que ia ao centro ver um filme novo de caubóis. Vesti o melhor que tinha e fui à rua Moreno. A viagem no bonde Lacroze foi comprida. Na delegacia de polícia me fizeram esperar, mas finalmente um dos funcionários, um tal de Eald ou Alt, recebeu-me. Disse-lhe que vinha tratar de um assunto confidencial com ele. Respondeu-me que falasse sem medo. Revelei o que Ferrari andava tramando. Não pude deixar de me admirar que aquele nome fosse desconhecido para ele; foi outra coisa quando lhe falei de dom Eliseo.

— Ah!, sim — disse-me. — Esse aí foi da turma do Uruguaio.

Mandou chamar outro oficial, que era de minha seção, e os dois conversaram. Um me perguntou, não sem malícia:

— Você vem com essa denúncia porque se considera um bom cidadão?

Senti que não me entenderia e respondi:

— Sim, senhor. Sou um bom argentino.

Disseram-me que cumprisse a missão de que meu chefe me encarregara, mas que não assoviasse quando visse os agentes chegando. Ao me despedir, um dos dois me advertiu:

— Vá com cuidado. Você sabe muito bem o que espera os dedos-duros.

Os funcionários da polícia adoram a gíria, como os garotos do ginásio. Respondi a ele:

— Tomara que me matem. É o melhor que pode me acontecer.

Desde a madrugada da sexta-feira, senti o alívio de estar no dia definitivo e o remorso de não sentir remorso algum. As horas se tornaram muito longas para mim. Mal provei a comida. Às dez da noite fomos nos reunindo a menos de uma quadra da tecelagem. Um dos nossos falhou; dom Eliseo disse que nunca falta um frouxo. Pensei que mais tarde lançariam naquele a culpa de tudo. Estava ameaçando chuva. Tive medo de que alguém ficasse comigo, mas me puseram sozinho numa das portas do fundo. Passados alguns momentos, apareceram os guardas e um oficial. Vieram caminhando; para não chamar atenção, deixaram os cavalos num terreno. Ferrari havia forçado a porta e conseguiram entrar sem fazer barulho. Quatro descargas me atordoaram. Pensei que lá dentro, no escuro, estavam se matando. Nisso vi sair a polícia com os rapazes algemados. Em seguida saíram dois agentes, com Francisco Ferrari e dom Eliseo Amaro arrastados. Estavam crivados de balas. No boletim de ocorrência declarou-se que tinham resistido à ordem de prisão e que foram os primeiros a abrir fogo. Eu sabia que era mentira, porque nunca os vi com revólver. A polícia aproveitou a ocasião para cobrar uma velha dívida. Dias depois, disseram-me que Ferrari tentou fugir, mas que um tiro bastou. Os jornais, é claro, transformaram-no no herói que eu havia sonhado e que talvez ele nunca tenha sido.

Fui levado com os outros, mas logo me soltaram.

história de
rosendo juárez

Seriam onze da noite; eu tinha entrado no armazém, que agora é um bar, na esquina da Bolívar com a Venezuela. De um canto o homem fez um sinal para que eu me aproximasse. Havia nele alguma coisa de autoritário, porque imediatamente lhe dei atenção. Estava sentado a uma das mesinhas; senti de modo inexplicável que ele não saía dali havia muito, diante do cálice vazio. Não era nem baixo nem alto; parecia um artesão decente, talvez um antigo homem do campo. O bigode ralo era cinza. Apreensivo à maneira dos portenhos, não tirara o cachecol. Convidou-me para tomar alguma coisa com ele. Sentei-me e conversamos. Tudo isso aconteceu por volta de mil novecentos e trinta e tantos.

O homem me disse:

— O senhor me conhece apenas de fama, mas eu o conheço. Sou Rosendo Juárez. O finado Paredes terá lhe falado de mim. O velho tinha dessas coisas; gostava de mentir, não para enganar, mas para divertir as pessoas. Agora que não temos nada pra fazer, vou lhe contar o que aconteceu de fato naquela noite. A noite em que mataram o Corralero. O senhor colocou o acontecido num romance, que não tenho capacidade para apreciar, mas quero que saiba a verdade sobre esses boatos.

Fez uma pausa como se reunisse as lembranças e prosseguiu:

As coisas nos acontecem e a gente só vai entendendo com os anos. O que me sucedeu naquela noite vinha de longe. Eu fui criado no bairro do Maldonado, depois de Floresta. Era um cafundó de má morte, que felizmente já foi canalizado. Sempre fui de opinião que ninguém deve deter a marcha do progresso. Enfim, cada um nasce onde pode. Nunca me ocorreu averiguar o nome do pai que me gerou. Clementina Juárez, minha mãe, era uma mulher muito decente que ganhava o pão com o ferro de passar. Para mim, era entrerriana ou uruguaia; fosse o que fosse, ela costumava falar de seus parentes de Concepción do Uruguai. Cresci feito mato. Aprendi a enfrentar os outros, com um porrete. Ainda não tínhamos sido conquistados pelo futebol, que era coisa dos ingleses.

No armazém, uma noite um tal de Garmendia puxou briga comigo. Eu me fiz de surdo, mas o outro, que estava bêbado, insistiu. Fomos para fora; já na calçada, entreabriu a porta do armazém e disse ao pessoal:

— Não se preocupem, que volto logo.

Eu tinha conseguido uma faca; rumamos para o lado do riacho, devagar, vigiando-nos. Ele era mais velho que eu alguns anos; tinha lutado muitas vezes comigo e senti que ia me furar as tripas. Eu ia pela direita do beco, e ele pela esquerda. Tropeçou nuns cascalhos. Logo que tropeçou, eu caí em cima dele, quase sem pensar. Abri seu rosto com uma pontada, nós nos atracamos, houve um momento em que podia acontecer qualquer coisa e afinal lhe dei uma facada, que foi a última. Só depois senti que ele também havia me ferido, alguns arranhões. Naquela noite aprendi que não é difícil matar um homem ou ser morto. O riacho estava muito baixo; para ir ganhando tempo, escondi mais ou menos o finado atrás de um forno de tijolos. Por mero aturdimento, afanei o anel com uma pedra preciosa que ele costumava usar. Coloquei-o, arrumei o chapéu e voltei para o armazém. Entrei sem pressa e lhes disse:

— Parece que quem voltou fui eu.

Pedi uma cachaça e a verdade é que estava precisando. Foi então que alguém me avisou da mancha de sangue.

Passei aquela noite revirando-me no catre; não dormi até raiar o dia. À noitinha dois guardas vieram me prender. Minha mãe, coitada da falecida, lançava gritos aos céus. Levaram-me, como se eu fosse um criminoso.

Dois dias e duas noites tive de me agüentar no xadrez. Ninguém foi me ver, salvo Luis Irala, um amigo de verdade, a quem negaram a permissão. Certa manhã o delegado mandou me buscar.

Estava acomodado na cadeira; nem me olhou e disse:

— Então foi você que despachou o Garmendia?

— Se o senhor está dizendo — respondi.

— Você me trate por "senhor delegado". Não me venha com manhas nem tirando o corpo. Aqui estão as declarações das testemunhas e o anel que foi encontrado na sua casa. Assine a confissão de uma vez por todas.

Molhou a pena no tinteiro e me passou.

— Deixe-me pensar, senhor delegado — atinei em responder.

— Vou lhe dar vinte e quatro horas para pensar bem, no xadrez. Não vou apressá-lo. Se você não quiser dar ouvidos à razão, vá se acostumando com a idéia de um descansinho na rua Las Heras.

Como era de imaginar, não entendi.

— Se você confessa, fica apenas alguns dias. Depois eu o tiro, e dom Nicolás Paredes já me garantiu que vai acertar o seu caso.

Os dias foram dez. A umas tantas, acabaram por se lembrar de mim. Assinei o que desejavam e um dos dois guardas me acompanhou até a rua Cabrera.

Amarrados no palanque havia cavalos e no corredor de entrada e lá dentro mais gente que no bordel. Parecia um comitê. Dom Nicolás, que estava tomando chimarrão, finalmente me atendeu. Sem nenhuma pressa disse que ia me mandar para Morón, onde estavam preparando as eleições. Recomendou-me ao senhor Laferrer, que me poria à prova. A carta foi escrita por um rapazinho de preto que compunha versos, de quem ouvi, sobre cortiços e sujeira, histórias que não são do interesse de um público ilustrado. Agradeci-lhe o favor e me retirei. Na volta, o guarda já não vinha grudado em mim.

Tudo correu bem; a Providência sabe o que faz. A morte de Garmendia, que no início fora para mim motivo de desgosto, agora me abria um caminho. Claro que a autoridade me mantinha em suas mãos. Se eu não servisse ao partido, mandavam me trancafiar, mas eu me sentia valente e confiava em mim mesmo.

O senhor Laferrer me preveniu que com ele eu ia ter de andar direitinho e que podia chegar a guarda-costas. Meu comportamento foi o que se esperava de mim. Em

Morón e em seguida no bairro, mereci a confiança de meus chefes. A polícia e o partido foram criando minha fama de valentão; fui um cabo eleitoral de valor nas praças da capital e da província. As eleições eram violentas então; não vou incomodá-lo, senhor, com um ou outro caso sangrento. Nunca suportei os radicais, que continuam vivendo presos às barbas de Alem. Não havia vivalma que não me respeitasse. Arrumei uma mulher, a Lujanera, e um alazão dourado de linda estampa. Durante anos banquei o Moreira, que decerto terá bancado em sua época algum outro *gaucho* de circo. Entreguei-me ao baralho e ao absinto.

Nós, os velhos, falamos que falamos, mas já estou chegando ao que desejo contar. Não sei se já fiz menção a Luis Irala. Um amigo como poucos. Era um homem idoso que nunca havia sentido ojeriza ao trabalho e tinha gostado de mim. Jamais pusera os pés no comitê. Vivia do ofício de carpinteiro. Não se intrometia na vida de ninguém nem admitia que alguém se intrometesse na dele. Certa manhã veio me ver e disse:

— Já devem ter lhe contado a história de que Casilda me deixou. Quem a tirou de mim foi Rufino Aguilera.

Daquele sujeito eu já havia tido informação em Morón. Respondi-lhe:

— Sim, já o conheço. É o menos sujo dos Aguilera.

— Sujo ou não, agora vai ter de se haver comigo.

Fiquei pensando e lhe disse:

— Ninguém tira nada de ninguém. Se a Casilda o deixou, é porque gosta de Rufino e você não tem mais importância para ela.

— E o pessoal, que vai dizer? Que sou um covarde?

— Meu conselho é que você não se meta em histórias

por causa do que o pessoal vai dizer e por uma mulher que já não gosta de você.

— Ela não está me preocupando. Um homem que pensa cinco minutos seguidos numa mulher não passa de um maricas. Casilda não tem coração. A última noite que passamos juntos me disse que eu já estava meio velho.

— Estava dizendo a verdade.

— A verdade é o que dói. O que me importa agora é o Rufino.

— Vá com cuidado. Eu vi o Rufino agindo na praça de Merlo. É um corisco.

— Você acha que tenho medo dele?

— Já sei que você não tem medo, mas pense bem. De duas uma: ou você dá fim nele e vai parar na sombra do xadrez, ou ele o mata e você vai parar na Chacarita.

— Pois vai ser assim. O que você faria em meu lugar?

— Não sei, mas minha vida não é precisamente um exemplo. Sou um indivíduo que, para tirar o corpo da cadeia, virou capanga de político.

— Eu não vou bancar o capanga de político nenhum, vou cobrar uma dívida.

— Então você vai jogar fora a sua tranqüilidade por causa de um desconhecido e por uma mulher de quem você não gosta mais?

Não quis me ouvir e foi embora. No dia seguinte nos chegou a notícia de que ele tinha provocado Rufino numa casa de comércio de Morón e que Rufino o matara.

Ele foi para morrer e o mataram conforme a lei, de homem para homem. Eu havia lhe dado meu conselho de amigo, mas me sentia culpado.

Dias depois do velório, fui a uma rinha. As brigas de

galo nunca me entusiasmaram, mas naquele domingo, francamente, deram-me nojo. O que não estará acontecendo com aqueles animais, pensei, que se despedaçam daquele jeito?

Na noite de minha história, na noite do final de minha história, eu tinha combinado com os rapazes ir a um baile na casa da Parda. Tantos anos, e agora me vem à lembrança o vestido florido que minha companheira usava. A festa foi no pátio. Não faltou nem mesmo um bêbado que tumultuasse, mas eu me encarreguei de que as coisas andassem como Deus manda. Não havia dado meia-noite quando os forasteiros chegaram. Um deles, chamado de Corralero e que foi morto à traição naquela mesma noite, pagou alguns tragos para todos nós. Quis o acaso que nós dois tivéssemos o mesmo feitio. Alguma coisa ele andava tramando; aproximou-se de mim e começou a me gabar. Disse que era do norte, aonde já chegara minha fama. Eu o deixava falar do seu jeito, mas já estava desconfiando dele. Ele não dava folga à genebra, talvez para criar coragem, e por fim me desafiou a brigar de faca. Aconteceu então o que ninguém quer entender. Eu me vi como num espelho diante daquele provocador desmiolado, e senti vergonha. Não senti medo; se tivesse sentido, talvez partisse para a briga. Fiquei como se não houvesse ocorrido nada. O outro, com o rosto já muito colado ao meu, gritou para que todos ouvissem:

— O que acontece é que você não passa de um covarde.

— Posso até ser — disse a ele. — Não tenho medo de passar por covarde. Você pode acrescentar, se lhe agrada, que você me chamou de filho-da-mãe e que o deixei cuspir em mim. Agora está mais calmo?

A Lujanera me tirou a faca que eu costumava trazer na cava do paletó e a colocou, fula da vida, em minha mão. Para rematar o assunto, disse:

— Olhe aqui, Rosendo, acho que você está precisando.

Deixei-a cair e saí sem pressa. O pessoal, assombrado, abriu passagem para mim. Pouco me importava o que pudessem pensar.

Para me safar daquela vida, me mandei para o Uruguai, onde me tornei carroceiro. Desde minha volta, estou instalado aqui. San Telmo sempre foi um bairro pacato.

o encontro

para Susana Bombal

Quem percorre os jornais toda manhã o faz para esquecer ou para o diálogo casual da tarde, e assim não se deve estranhar que já ninguém se lembre, ou se lembre como num sonho, do caso na época discutido e famoso de Maneco Uriarte e Duncan. O fato aconteceu, além do mais, por volta de 1910, no ano do cometa e do Centenário, e são muitas as coisas que desde então possuímos e perdemos. Os protagonistas já estão mortos; os que foram testemunhas do episódio juraram um solene silêncio. Também eu levantei a mão para jurar e senti a importância daquele rito, com toda a romântica seriedade de meus nove ou dez anos. Não sei se os demais observaram que eu tinha dado minha palavra; não sei se mantiveram a deles. Seja como for, aqui vai a história, com as inevitáveis variantes que trazem o tempo e a boa ou a má literatura.

Naquela tarde meu primo Lafinur levou-me a um churrasco na chácara de Los Laureles. Não consigo precisar sua topografia; pensemos num daqueles povoados do norte, sombreados e aprazíveis, que vão se inclinando em direção ao rio e que nada têm a ver com a extensa cidade e sua planície. A viagem de trem durou o suficiente para me parecer tediosa, mas o tempo das crianças, como se sabe, flui com lentidão. Tinha começado a escurecer quando atravessamos o portão da chácara. Ali estavam, conforme senti, as antigas coisas elementares: o cheiro da carne que vai dourando, as árvores, os cachorros, os galhos secos, o fogo que reúne os homens.

Os convidados não passavam de uma dúzia; todos, gente grande. O mais velho, depois eu o soube, não completara ainda trinta anos. Eram, não tardei a compreender, doutos em temas de que continuo sendo indigno: cavalos de corrida, alfaiates, veículos, mulheres notoriamente dispendiosas. Ninguém perturbou minha timidez, ninguém reparou em mim. O cordeiro, preparado com sábia lentidão por um dos peões, reteve-nos na comprida sala de jantar. As datas das safras dos vinhos foram discutidas. Havia um violão; meu primo, creio que me recordo, entoou "La tapera" e "El gaucho" de Elías Regules e algumas décimas em lunfardo, no rudimentar lunfardo daqueles anos, sobre um duelo de facas numa casa da rua Junín. Trouxeram o café e os cigarros de palha. Nem uma palavra sobre voltar. Eu sentia (a frase é de Lugones) o medo do tarde demais. Não quis olhar o relógio. Para dissimular minha solidão de menino entre mais velhos, tomei sem prazer uma ou duas taças. Uriarte propôs aos gritos a Duncan um pôquer a dois. Alguém objetou que aquela maneira de jogar costumava ser muito pobre e sugeriu uma mesa de quatro. Duncan concordou, mas Uriarte, com uma obstinação que não entendi nem procurei entender, insistiu na partida a dois. Afora o truco, cuja finalidade essencial é encher o tempo com diabruras e versos, e os modestos labirintos da paciência, jamais gostei de baralho. Esgueirei-me sem que ninguém notasse. Um casarão desconhecido e escuro (só havia luz na sala de jantar) significa mais para um menino que um país ignorado para um viajante. Explorei passo a passo os quartos; lembro-me de uma sala de bilhar, de uma galeria envidraçada com formas de retângulos e de losangos, de um par de cadeiras de balanço e de uma janela da qual se divisava uma pérgula. No escuro me perdi; o dono da casa, cujo nome, com o passar dos anos, pode ser Acevedo ou Acébal, deu afinal comigo. Por bondade ou para agradar sua vaidade de colecionador, levou-me até uma vitrine. Quando acendeu a luz, vi que continha armas brancas. Eram facas que por seu uso haviam se tornado famosas. Contou-me que tinha um pedacinho de campo pelos lados de Pergamino e que, indo e vindo pela província, fora juntando aquelas coisas. Abriu a vitrine e, sem olhar as indicações das etiquetas, relatou-me sua história, sempre mais ou menos a mesma, com diferenças de locais e datas. Perguntei-lhe se entre as armas não se encontrava a adaga de Moreira, naquele tempo o protótipo do *gaucho*, como depois o foram Martín Fierro e Dom Segundo Sombra. Teve de confessar que não, mas que podia me mostrar uma igual, com o gavião em forma de U. Foi interrompido por algumas vozes exaltadas. Fechou imediatamente a vitrine; eu o acompanhei.

Uriarte vociferava que seu adversário tinha feito uma trapaça. Os companheiros os rodeavam, de pé. Duncan, recordo, era mais alto que os demais, robusto, meio curvado, inexpressivo, de um loiro quase branco; Maneco Uriarte era irrequieto, escuro, talvez achinesado, com um bigode petulante e ralo. Era evidente que estavam todos embriagados; não sei se havia no chão duas ou três garrafas jogadas ou se o abuso do cinema me sugere essa falsa lembrança. Os xingamentos de Uriarte não cessavam, agudos e já obscenos. Duncan parecia não ouvi-lo; enfim, como que cansado, levantou-se e lhe deu um soco. Uriarte, do chão, gritou que não ia tolerar aquela afronta e o desafiou a duelar.

Duncan disse que não, e acrescentou à maneira de explicação:

— Acontece que eu tenho medo de você.

A gargalhada foi geral.

Uriarte, já de pé, replicou:

— Vou duelar com você e vai ser agora mesmo.

Alguém, Deus lhe perdoe, notou que armas não faltavam.

Não sei quem abriu a vitrine. Maneco Uriarte pegou a arma mais vistosa e mais longa, a do gavião em forma de U; Duncan, quase com desdém, uma faca com cabo de madeira, com a figurinha de uma árvore na lâmina. Outro disse que era próprio de Maneco escolher uma espada. Ninguém se admirou que sua mão tremesse naquele momento; todo mundo se admirou, porém, que acontecesse o mesmo com Duncan.

A tradição exige que os homens, ao combater, não ofendam a casa em que estão e vão para fora. Meio de brincadeira, meio a sério, saímos para a noite úmida. Eu não estava embriagado de vinho, mas de aventura; desejava que alguém matasse, para eu poder contar depois e como recordação. Talvez naquele momento os outros não fossem mais adultos que eu. Também senti que um redemoinho, que ninguém era capaz de dominar, arrastavanos e nos perdia. Não se dava maior importância à acusação de Maneco; todos a interpretavam como fruto de uma velha rivalidade, exacerbada pelo vinho.

Caminhamos entre as árvores, deixamos para trás a pérgula. Uriarte e Duncan iam na frente; admirei-me que se vigiassem, como se temessem uma surpresa. Ladeamos um canteiro de grama. Duncan disse com suave autoridade:

— Este lugar parece bom.

Os dois ficaram no centro, indecisos. Uma voz gritou para eles:

— Soltem os ferros que estão estorvando e se agarrem de verdade.

Mas os homens já lutavam. No início, mostraram-se desajeitados, como se tivessem medo de se ferir; começaram olhando para as lâminas, mas depois para os olhos do adversário. Uriarte tinha esquecido a própria raiva; Duncan, a indiferença ou o desdém. O perigo os transfigurara: agora eram dois homens que lutavam, não dois rapazes. Eu previra a luta como um caos de aço, mas pude acompanhá-la, ou quase acompanhá-la, como se fosse uma partida de xadrez. Os anos, é claro, não terão deixado de exaltar ou de obscurecer o que vi. Não sei quanto durou; há fatos que não se submetem à medida comum do tempo.

Sem o poncho, que serve de proteção, aparavam os golpes com o antebraço. As mangas, logo esfarrapadas, iam se manchando de sangue. Pensei que tínhamos nos enganado ao imaginar que desconheciam aquela espécie de esgrima. Não tardei a me dar conta de que procediam de maneira diferente. As armas eram desiguais. Duncan, para superar essa desvantagem, procurava estar muito perto do outro; Uriarte recuava para se estender em punhaladas longas e baixas. A mesma voz que indicara a vitrine gritou:

— Estão se matando. Não deixem que prossigam.

Ninguém se atreveu a intervir. Uriarte perdera terreno; Duncan então atacou. Os corpos quase já se tocavam. O aço de Uriarte procurava o rosto de Duncan. Bruscamente nos pareceu mais curto, porque penetrara no peito. Duncan ficou estendido na grama. Foi então que disse com voz muito baixa:

— Que esquisito. Tudo isto é como um sonho.

Não fechou os olhos, não se mexeu, e eu tinha visto um homem matar outro.

Maneco Uriarte inclinou-se sobre o morto e lhe pediu que o perdoasse. Soluçava sem disfarçar. A façanha que ele acabava de cometer o sobrepujava. Agora sei que ele se arrependia menos de um crime que da execução de um ato insano.

Não quis olhar mais. O que eu desejara tinha acontecido e me deixava quebrado. Lafinur me contou depois que tiveram de forçar para arrancar a arma. Formou-se um conciliábulo. Resolveram mentir o menos possível e elevar o duelo de facas a um duelo com espadas. Quatro se ofereceram para padrinhos, entre eles Acébal. Tudo se ajeita em Buenos Aires; alguém é sempre amigo de alguém.

Em cima da mesa de mogno ficou uma desordem de baralhos ingleses e de cédulas que ninguém queria olhar ou tocar.

Nos anos que se seguiram, pensei mais de uma vez em confiar a história a um amigo, mas sempre senti que estar na posse de um segredo me dava mais satisfação do que contá-lo. Por volta de 1929, um diálogo casual me levou a romper de repente o longo silêncio. O delegado aposentado dom José Olave me contara histórias de valentões da baixada do Retiro; observou que aquela gente era capaz de qualquer deslealdade, contanto que levasse vantagem sobre o adversário, e que antes dos Podestá e de Gutiérrez quase não houvera duelos de faca à maneira crioula. Contei-lhe ter sido testemunha de um deles e narrei o que sucedera havia tantos anos.

Ouviu-me com atenção profissional e depois me disse:

— O senhor tem certeza de que Uriarte e o outro nunca tinham se enfrentado antes? Quem sabe alguma temporada no campo não tivesse lhes servido para alguma coisa.

— Não — respondi. — Todos os daquela noite se conheciam e todos estavam atônitos.

Olave prosseguiu sem pressa, como se pensasse em voz alta:

— Uma das adagas tinha o gavião em forma de U. Houve duas adagas como essa que ficaram famosas: a de Moreira e a de Juan Almada, de Tapalquén.

Alguma coisa despertou em minha memória; Olave continuou:

— O senhor mencionou também uma faca com cabo de madeira, com a marquinha da árvore. Armas como essas existem aos milhares, mas houve uma...

Parou um momento e prosseguiu:

— O senhor Acevedo tinha a propriedade no campo perto de Pergamino. Precisamente por aqueles pagos andou, no final do século, outro arruaceiro de renome: Juan Almanza. Desde a primeira morte que causou, aos catorze anos, usava sempre uma faca curta daquelas, porque lhe trouxera sorte. Juan Almanza e Juan Almada criaram uma aversão recíproca, porque as pessoas os confundiam. Durante muito tempo se procuraram e nunca se encontraram. Juan Almanza foi morto por uma bala perdida, numas eleições. O outro, creio, morreu de morte natural no hospital de Las Flores.

Nada mais se disse naquela tarde. Ficamos pensando.

Nove ou dez homens, que já morreram, viram o que viram meus olhos — a funda estocada no corpo e o corpo sob o céu —, mas foi o final de outra história mais antiga o que de fato viram. Maneco Uriarte não matou Duncan; as armas, não os homens, duelaram. Tinham dormido, lado a lado, numa vitrine, até que as mãos as despertaram. Talvez tenham se agitado; por isso tremeu o punho de Uriarte, por isso tremeu o punho de Duncan. As duas sabiam lutar — não seus instrumentos, os homens — e naquela noite lutaram bem. Tinham se procurado longamente, pelos longos caminhos da província, e por fim se encontraram, quando seus *gauchos* já eram pó. No ferro dormia e espreitava um rancor humano.

As coisas duram mais que a gente. Quem sabe se a história termina aqui, quem sabe se não voltarão a se encontrar?

juan muraña

Durante anos tenho repetido que me criei em Palermo. Trata-se, agora o sei, de mera vaidade literária; o fato é que me criei do outro lado de uma longa grade de lanças, numa casa com jardim e com a biblioteca de meu pai e de meus avós. Palermo do punhal e da guitarra andava (é o que me garantem) pelas esquinas; em 1930, dediquei um estudo a Carriego, nosso vizinho cantor e exaltador dos arrabaldes. O acaso me levou a deparar, pouco depois, com Emilio Trápani. Eu ia para Morón; Trápani, que estava do lado da janelinha, chamou-me pelo nome. Tardei a reconhecê-lo; haviam passado muitos anos desde que compartilháramos o mesmo banco numa escola da rua Thames. Roberto Godel talvez se lembre disso.

Nunca houve afeto entre nós. O tempo tinha nos distanciado e também a recíproca indiferença. Ensinara-me, agora me lembro, os rudimentos do lunfardo de então. Travamos uma daquelas conversas banais que se esforçam na busca de fatos inúteis e que nos revelam o falecimento de um colega que já não é mais que um nome. De repente Trápani me disse:

— Emprestaram-me seu livro sobre Carriego. Lá

você fala o tempo todo de criminosos; mas me diga, Borges, o que é que você pode saber de criminosos?

Olhou-me com uma espécie de santo horror.

— Procurei me documentar — respondi.

Não me deixou prosseguir e disse:

— *Documentar* é a palavra. Para mim os documentos não fazem falta; conheço essa gente.

Depois de um silêncio acrescentou, como se me confiasse um segredo:

— Sou sobrinho de Juan Muraña.

De todos os valentões que existiram em Palermo por volta de mil oitocentos e noventa e tantos, o de maior fama era Muraña. Trápani continuou:

— Florentina, minha tia, era mulher dele. A história pode lhe interessar.

Certas ênfases de tipo retórico e algumas frases compridas me fizeram suspeitar que não era a primeira vez que a contava.

Minha mãe nunca viu com bons olhos que a irmã dela unisse sua vida à de Juan Muraña, que para ela era um desalmado e para a tia Florentina um homem de ação. Sobre o destino de meu tio correram muitas histórias. Não faltou quem dissesse que, certa noite em que estava de cara cheia, caiu da boléia do carro ao virar a esquina da Coronel e que as pedras lhe partiram o crânio. Também se disse que a lei o procurava e que teria fugido para o Uruguai. Minha mãe, que nunca suportara o cunhado, não me explicou nada. Eu era muito menino e não guardo lembrança dele.

Por ocasião do Centenário, morávamos na travessa Russell, numa casa comprida e estreita. A porta do fundo, que sempre estava fechada a chave, dava para a San Salvador. No cômodo do sótão vivia minha tia, já idosa e um pouco esquisita. Magra e ossuda, era, ou me parecia, muito alta e de poucas palavras. Tinha medo de correntes de ar, não saía nunca, não queria que entrássemos em seu quarto e mais de uma vez a pesquei roubando e escondendo comida. No bairro diziam que a morte, ou o desaparecimento, de Muraña a transtornara. Lembro-me dela sempre de preto. Tinha dado para falar sozinha.

A casa pertencia a um tal de senhor Luchessi, dono de uma barbearia em Barracas. Minha mãe, que era costureira de carregação, vivia na pior. Sem que eu as entendesse por completo, ouvia palavras sigilosas: oficial de justiça, desapropriação, despejo por falta de pagamento. Minha mãe estava extremamente aflita; minha tia repetia, obstinada: "Juan não vai consentir que o gringo nos ponha para fora". Recordava o caso — que sabíamos de cor — de um sulista insolente que se permitira pôr em dúvida a coragem do marido dela. Este, quando o soube, bandeou-se para o outro extremo da cidade, procurou-o, acertou-o com uma punhalada e o atirou no Riachuelo. Não sei se é verdade a história; o que importa agora é o fato de ter sido contada e de terem acreditado nela.

Eu já me via dormindo nos terrenos baldios da rua Serrano ou pedindo esmola ou com um balaio de pêssegos. Esta última solução é que me tentava, pois me livraria de ir à escola.

Não sei quanto durou aquela aflição. Certa vez, o seu finado pai nos disse que não se pode medir o tempo por dias, como o dinheiro por centavos ou pesos, porque os pesos são iguais e cada dia é diferente e talvez cada hora. Não compreendi muito bem o que ele dizia, mas a frase ficou gravada em mim.

Numa daquelas noites tive um sonho que acabou em pesadelo. Sonhei com meu tio Juan. Eu não chegara a conhecê-lo, mas o imaginava meio índio, robusto, de bigode ralo e cabelo comprido. Íamos para o sul, entre grandes pedreiras e matagais, mas aquelas pedreiras e matagais eram também a rua Thames. No sonho o sol estava alto. Tio Juan ia de terno preto. Parou perto de uma espécie de andaime, num desfiladeiro. Tinha a mão sob o paletó, na altura do coração, não como quem está para sacar uma arma, mas como que escondendo-a. Com uma voz muito triste me disse: "Mudei muito". Foi tirando a mão e o que vi foi uma garra de abutre. Acordei gritando no escuro.

No dia seguinte minha mãe mandou que eu fosse com ela à casa de Luchessi. Sei que ia lhe pedir um adiamento; sem dúvida me levou para que o credor visse seu desamparo. Não disse nenhuma palavra à irmã, porque ela não teria lhe permitido se rebaixar desse jeito. Eu nunca estivera em Barracas; pareceu-me que havia mais gente, mais tráfego e menos terrenos baldios. Da esquina vimos guardas e uma aglomeração em frente ao número que procurávamos. Um vizinho repetia de grupo em grupo que por volta das três da manhã tinha sido acordado por umas pancadas; ouviu a porta se abrir e alguém entrar. Ninguém a fechou; ao amanhecer encontraram Luchessi estendido no corredor de entrada, vestido pela metade. Fora cosido a punhaladas. O homem morava sozinho; a justiça nunca deu com o culpado. Não haviam roubado nada. Alguém lembrou que, ultimamente, o finado quase perdera a vista. Com voz autoritária outro retrucou: "Tinha chegado a hora dele". A opinião e o tom me impressionaram; com os anos pude observar que, toda vez que alguém morre, não falta quem pronuncie uma sentença com essa mesma descoberta.

O pessoal do velório nos convidou para um café e tomei uma xícara. No caixão estava uma figura de cera em lugar do morto. Comentei o fato com minha mãe; um dos agentes funerários riu e me explicou que aquela figura com roupa negra era o senhor Luchessi. Fiquei como que fascinado, olhando para ele. Minha mãe teve de me puxar pelo braço.

Durante meses não se falou de outra coisa. Os crimes eram raros então; pense em como deu o que falar o caso do Melena, do Campana e do Silletero. A única pessoa em Buenos Aires que não mexeu um fio de cabelo foi a tia Florentina. Repetia com a insistência da velhice:

— Eu já lhes disse que Juan não ia suportar que o gringo nos deixasse sem teto.

Certo dia choveu a cântaros. Como eu não podia ir à escola, comecei a xeretar pela casa. Subi ao sótão. Lá estava minha tia, com as mãos uma em cima da outra; senti que nem sequer estava pensando. O cômodo cheirava a umidade. Num canto estava a cama de ferro, com o rosário numa das barras da cabeceira; noutro, uma arca de madeira para guardar a roupa. Numa das paredes caiadas havia uma estampa da Virgem do Carmo. Em cima do criado-mudo estava o castiçal.

Sem levantar os olhos, minha tia me disse:

— Já sei o que o traz aqui. Sua mãe é que o mandou. Ela não consegue entender que quem nos salvou foi Juan.

— Juan? — atinei em dizer. — Faz mais de dez anos que Juan morreu.

— Juan está aqui — retrucou. — Quer vê-lo?

Abriu a gaveta do criado-mudo e tirou um punhal. Continuou falando com suavidade.

— Aqui está. Eu sabia que ele não ia me deixar nunca. Não houve na Terra ninguém como ele. O gringo não teve nem tempo de respirar.

Foi só então que entendi. Aquela pobre mulher desatinada havia assassinado Luchessi. Levada pelo ódio, pela loucura e talvez, quem sabe, pelo amor, tinha se esgueirado pela porta voltada para o sul, tinha atravessado, noite alta, ruas e ruas, tinha dado enfim com a casa e, com aquelas grandes mãos ossudas, tinha cravado a adaga. A adaga era Muraña, era o morto que ela continuava adorando.

Jamais vou saber se ela confiou a história a minha mãe. Faleceu pouco antes do despejo.

Até aqui o relato de Trápani, com quem não voltei a me encontrar. Na história daquela mulher que ficou só e acabou por confundir seu homem, seu tigre, com aquela coisa cruel que ele lhe deixou, a arma de seus feitos, creio entrever um símbolo ou muitos símbolos. Juan Muraña foi um homem que pisou nas ruas que eram familiares para mim, que soube o que sabem os homens, que conheceu o sabor da morte e que foi mais tarde uma faca e agora a memória de uma faca e amanhã o esquecimento, o esquecimento comum a todos nós.

a velha senhora

No dia 14 de janeiro de 1941, María Justina Rubio de Jáuregui completaria cem anos. Era a única filha de guerreiros da Independência que ainda não tinha morrido. O coronel Mariano Rubio, seu pai, foi o que se pode chamar, sem irreverência, um prócer menor. Nascido na paróquia da Merced, filho de fazendeiros da província, foi promovido a alferes no exército dos Andes, militou em Chacabuco, na derrota de Cancha Rayada, em Maipú e, dois anos depois, em Arequipa. Conta-se que, na véspera desta ação, José de Olavarría e ele trocaram as espadas. No início de abril de 23 acontecia o célebre combate de Cerro Alto, que, por ter se travado no vale, costuma ser denominado também Cerro Bermejo. Sempre invejosos de nossas glórias, os venezuelanos atribuíram essa vitória ao general Simón Bolívar, mas o observador imparcial, o historiador argentino, não se deixa engabelar e sabe muito bem que seus lauréis se devem ao coronel Mariano Rubio. Este, à frente de um regimento de hussardos colombianos, decidiu a incerta contenda de sabres e de lanças que preparou a não menos famosa ação de Ayacucho, na qual também combateu. Nesta, sofreu um ferimento. Em 27 teve ocasião de agir com denodo em Ituzaingó, sob as ordens imediatas de Alvear. Apesar de seu parentesco com Rosas, foi homem de Lavalle e dispersou os *montoneros** numa ação que ele sempre chamou de "sabreada". Derrotados os unitários, emigrou para o Uruguai, onde se casou. No decorrer da Guerra Grande, morreu em Montevidéu, praça sitiada pelos *blancos* de Oribe. Ia completar quarenta e quatro anos, que quase já eram a velhice. Foi amigo de Florencio Varela. É bastante verossímil que os professores do Colégio Militar o tivessem reprovado; somente havia cursado as batalhas, mas não passara por nem um único exame. Deixou duas filhas, uma das quais María Justina, a mais nova, é a que nos importa.

No final de 53 a viúva do coronel e as filhas se estabeleceram em Buenos Aires. Não recuperaram a propriedade rural confiscada pelo tirano, mas a lembrança daquelas léguas perdidas, que nunca tinham visto, perdurou longamente na família. Com a idade de dezessete anos, María Justina se casou com o doutor Bernardo Jáuregui, que, apesar de civil, combateu em Pavón e em Cepeda e morreu no exercício de sua profissão durante a epidemia de febre amarela. Deixou um filho e duas filhas; Mariano, o primogênito, era fiscal de renda e costumava freqüentar a Biblioteca Nacional e o Arquivo, premido pelo propósito de escrever uma exaustiva biografia do herói, que nunca terminou e que talvez nunca tenha começado. A mais velha, María Elvira, casou-se com um primo, um Saavedra, funcionário do Ministério

---

* Participantes das *montoneras*, milícias de *gauchos* que lutaram nas guerras civis da Argentina, durante o processo da Independência, no século XIX.

da Fazenda; Julia, com um senhor Molinari, que, apesar do sobrenome italiano, era professor de latim e pessoa muitíssimo ilustrada. Omito netos e bisnetos; é suficiente que meu leitor imagine uma família honrada e decaída, presidida por uma sombra épica e pela filha que nasceu no desterro.

Moravam modestamente em Palermo, não distante da igreja de Guadalupe, onde Mariano se lembrava de ter visto, de um bonde da Gran Nacional, uma lagoa em cujas margens havia um ou outro rancho de tijolo sem reboco, não de chapas de zinco; a pobreza de ontem era menos pobre que a que agora a indústria nos apresenta. Também as fortunas eram menores.

A casa dos Rubio ocupava a parte de cima de uma mercearia do bairro. A escada lateral era estreita; a balaustrada, que estava à direita, prolongava-se por um dos lados do escuro vestíbulo, onde havia um cabide e algumas cadeiras. O vestíbulo dava para a saleta com móveis estofados, e a saleta para a sala de jantar, com móveis de mogno e uma vitrine. As persianas de ferro, sempre fechadas por temor à soalheira, deixavam passar uma luz esmaecida. Lembro-me de um odor de coisas guardadas. No fundo ficavam os dormitórios, o banheiro, um patiozinho com um lavabo e o quarto da empregada. Em toda a casa não havia outros livros a não ser um volume de Andrade, uma monografia do herói, com acréscimos manuscritos, e o dicionário hispano-americano de Montaner e Simón, adquirido porque comprado a prestações e pelo movelzinho que o acompanhava. Contavam com uma pensão que sempre lhes chegava com atraso, e com o aluguel de um terreno — única sobra da estância, antes vasta — em Lomas de Zamora.

Na data de minha narrativa, a velha senhora morava com Julia, que enviuvara, e com um filho dela. Continuava abominando Artigas, Rosas e Urquiza; a primeira guerra européia, que a levou a detestar os alemães, dos quais sabia muito pouco, foi menos real para ela que a revolução de 90 e que o ataque de Cerro Alto. Desde 1932 fora se apagando pouco a pouco; as metáforas comuns são as melhores, porque são as únicas verdadeiras. Professava, é claro, a fé católica, o que não significa que acreditasse num Deus que é Um e Três, nem sequer na imortalidade da alma. Murmurava orações que não entendia e as mãos debulhavam o rosário. Em vez da Páscoa e do Dia de Reis aceitara o Natal, assim como o chá em lugar do mate. As palavras *protestante, judeu, maçom, herege* e *ateu* eram para ela sinônimas e não queriam dizer nada. Enquanto pôde, não falava de espanhóis, mas de godos, como haviam feito seus pais. Em 1910, não queria acreditar que a infanta, que no final das contas era uma princesa, falasse, contra toda previsão, como uma galega qualquer e não como uma senhora argentina. Foi no velório de seu genro que uma parenta rica, a qual nunca tinha pisado na casa mas cujo nome procuravam com avidez na crônica social dos jornais, deu-lhe a desconcertante notícia. A nomenclatura da senhora Jáuregui continuou sendo antiquada; falava da rua das Artes, da rua do Temple, da rua Buen Orden, da rua de La Piedad, das duas Ruas Largas, da praça do Parque e dos Portones. A família imitava com afetação aqueles arcaísmos, que eram espontâneos nela. Diziam *orientais* e não *uruguaios*. Não saía de casa; talvez nem suspeitasse que Buenos Aires tivesse mudado e crescido. As primeiras lembranças são as mais vívidas; a cidade que a senhora imaginava do outro lado da porta da rua talvez fosse muito anterior à do tempo em que tiveram de se mudar do centro. Os bois das carretas ainda descansariam na praça do Once e as violetas mortas perfumariam as chácaras de Barracas. "Já não sonho a não ser com mortos" foi uma das últimas coisas que a ouviram dizer. Nunca foi tola, mas não apreciara, até onde sei, os prazeres intelectuais; ainda lhe restariam os que a memória e depois o esquecimento são capazes de dar. Sempre foi generosa. Recordo os tranqüilos olhos claros e o sorriso. Quem sabe que tumulto de paixões, agora perdidas mas que foram ardentes, houve naquela velha mulher, que tinha sido bonita. Muito sensível às plantas, cuja modesta vida silenciosa era afim à dela, cuidava de algumas begônias em seu quarto e tocava as folhas que não via. Até 1929, quando mergulhou no entressonho, contava fatos históricos, mas sempre com as mesmas palavras e na mesma ordem, como se fosse o Pai-Nosso, e cheguei a suspeitar que já não correspondiam a imagens. Dava no mesmo para ela comer uma coisa ou outra. Era, em suma, feliz.

Dormir, conforme se sabe, é o mais secreto de nossos atos. Dedicamos a ele uma terça parte da vida e não o compreendemos. Para alguns não é outra coisa senão um eclipse da vigília; para outros, um estado mais complexo, que abrange ao mesmo tempo o ontem, o agora e o amanhã; para outros ainda, uma ininterrupta série de sonhos. Dizer que a senhora Jáuregui passou dez anos num caos tranqüilo talvez seja um erro; cada instante daqueles dez anos pode ter sido um puro presente, sem antes nem depois. Não nos maravilhemos demais com esse presente que contamos por dias e por noites e pelas centenas de folhas de muitos calendários e por ansiedades e fatos; é o que atravessamos toda manhã antes de acordar e toda noite antes do sono. Todos os dias somos duas vezes a velha senhora.

Os Jáuregui viviam, já dissemos, numa situação um tanto falsa. Acreditavam pertencer à aristocracia, mas as pessoas de nome os ignoravam; eram descendentes de um prócer, mas os manuais de história costumavam prescindir de nomeá-los. É verdade que eram lembrados em algum nome de rua, mas essa rua, que pouquíssimos conhecem, ficava perdida nos fundos do cemitério do oeste.

A data se aproximava. No dia 10, um militar de uniforme apresentou-se com uma carta assinada pelo próprio ministro anunciando sua visita para o dia 14; os Jáuregui mostraram aquela carta a toda a vizinhança, salientando o timbre e a assinatura autógrafa. Depois foram chegando os jornalistas para a redação da nota. Facilitaram-lhes todos os dados; era evidente que deviam ter ouvido falar do coronel Rubio ao longo da vida. Pessoas quase desconhecidas telefonaram pedindo que fossem convidadas.

Trabalharam, diligentemente, para o grande dia. Enceraram o assoalho, limparam as vidraças das janelas, tiraram a cobertura dos lustres, envernizaram o mogno, poliram a prataria da vitrine, modificaram a disposição dos móveis e deixaram aberto o piano da sala para exibir o veludo que cobria as teclas. As pessoas iam e vinham. A única alheia àquele bulício era a senhora Jáuregui, que parecia nada entender. Sorria; Julia, assistida pela empregada, enfeitou-a como se já estivesse morta. A primeira coisa que as visitas veriam ao entrar era o óleo do prócer e, um pouco mais abaixo e à direita, a espada de suas muitas batalhas. Mesmo em épocas de penúria sempre haviam se negado a vendê-la e pensavam doá-la ao Museu Histórico. Uma vizinha muito atenciosa emprestou-lhes para a ocasião uma jardineira de gerânios. A festa começaria às sete. Marcaram tudo para as seis e meia, porque sabiam que ninguém gosta de chegar para acender as luzes. Às sete e dez não havia vivalma; discutiram com certa acrimônia as vantagens e desvantagens da impontualidade. Elvira, que se vangloriava de chegar sempre na hora certa, pontificou que era uma imperdoável desconsideração fazer as pessoas esperarem; Julia, repetindo as palavras do marido, opinou que chegar tarde é uma cortesia, porque, se todos o fazem, é mais cômodo e ninguém apressa ninguém. Às sete e quinze as pessoas não cabiam na casa. O bairro inteiro pôde ver e invejar o carro e o *chauffeur* da senhora Figueroa, que quase nunca as convidava, mas a quem elas receberam efusivamente, para que ninguém suspeitasse que só se viam quando morria algum bispo. O presidente mandou seu chefe de cerimonial, um senhor muito amável, que disse que para ele era uma grande honra apertar a mão da filha do herói de Cerro Alto. O ministro, que teve de se retirar cedo, leu um discurso muito rebuscado, no qual, no entanto, falava-se mais de San Martín que do coronel Rubio. A anciã estava numa poltrona, recostada em almofadões, e de vez em quando inclinava a cabeça ou deixava cair o leque. Um grupo de senhoras distintas, as Damas da Pátria, cantaram para ela o Hino, que ela pareceu não ouvir. Os fotógrafos dispuseram a assistência em grupos artísticos e foram pródigos em *flashes*. Os cálices de porto e de xerez não davam conta do necessário. Espocaram várias garrafas de *champagne*. A senhora Jáuregui não articulou uma só palavra: já não sabia, talvez, quem era. Desde aquela noite não saiu mais da cama.

Quando os estranhos foram embora, a família improvisou uma pequena ceia fria. O cheiro do tabaco e do café já dissipara o do tênue benjoim.

Os jornais da manhã e da tarde mentiram lealmente; elogiaram a quase milagrosa memória da filha do prócer, que "é o arquivo eloqüente de cem anos da história argentina". Julia quis lhe mostrar aquelas crônicas. Na penumbra, a velha senhora continuava imóvel, de olhos fechados. Não tinha febre; o médico examinou-a e declarou que tudo ia bem. Poucos dias depois ela morreu. A irrupção da turba, o tumulto insólito, os *flashes*, o discurso, os uniformes, os repetidos apertos de mão e o ruidoso *champagne* haviam apressado seu fim. Talvez tenha pensado que era a Mazorca* que entrava.

Penso nos mortos de Cerro Alto, penso nos homens esquecidos da América e da Espanha que pereceram sob os cascos dos cavalos; penso que a última vítima daquele tropel de lanças no Peru seria, mais de um século depois, uma velha senhora.

---

* O sabugo de milho, *mazorca*, deu nome à polícia secreta do ditador Juan Manuel de Rosas (1793-1877) e se tornou um símbolo federalista.

o duelo

para Juan Osvaldo Viviano

Henry James — cuja obra me foi revelada por uma de minhas duas protagonistas, a senhora Figueroa — talvez não tivesse desprezado a história. Teria lhe dedicado mais de cem páginas de ironia e ternura, adornadas de diálogos complexos e escrupulosamente ambíguos. Não é improvável que lhe acrescentasse algum traço melodramático. O essencial não teria sido modificado pelo cenário diferente: Londres ou Boston. Os fatos aconteceram em Buenos Aires e aí os deixarei. Limitar-me-ei a um resumo do caso, já que sua lenta evolução e sua dimensão mundana são alheias a meus hábitos literários. Ditar esta narrativa é para mim uma aventura modesta e lateral. Devo prevenir o leitor que os episódios têm menos importância do que a situação que os causa e os personagens.

Clara Glencairn de Figueroa era alta e altiva e de fogoso cabelo vermelho. Menos intelectual que compreensiva, não era talentosa, mas capaz de apreciar o talento de outros e até de outras. Em sua alma havia hospitalidade. Agradecia as diferenças; talvez por isso tenha viajado tanto. Sabia que o ambiente que por sorte lhe coubera era um conjunto às vezes arbitrário de ritos e cerimônias, mas aqueles ritos lhe agradavam e exercia-os com dignidade. Seus pais casaram-na, muito jovem, com o doutor Isidro Figueroa, que foi nosso embaixador no Canadá e que acabou por renunciar ao cargo, alegando que, numa época de telégrafos e telefones, as embaixadas eram anacronismos e constituíam um ônus inútil. Essa decisão lhe valeu o rancor de todos os colegas; Clara gostava do clima de Ottawa — no final das contas era de linhagem escocesa — e não a incomodavam os deveres da mulher de um embaixador, mas nem sonhou protestar. Figueroa morreu pouco depois; Clara, após alguns anos de indecisão e de busca interior, entregou-se ao exercício da pintura, levada talvez pelo exemplo de Marta Pizarro, sua amiga.

Era típico de Marta Pizarro que, ao se referirem a ela, todos a definissem como irmã da brilhante Nélida Sara, casada e separada.

Antes de escolher o pincel, Marta Pizarro tinha considerado a alternativa das letras. Podia dizer coisas espirituosas em francês, idioma habitual de suas leituras; o espanhol, para ela, não passava de um mero utensílio caseiro, como o guarani para as senhoras da província de Corrientes. Os jornais haviam posto a seu alcance páginas de Lugones e do madrileno Ortega y Gasset; o estilo daqueles mestres confirmou sua suspeita de que a língua a que estava predestinada é menos apta para a expressão do pensamento ou das paixões que para a vaidade palavrosa. De música só sabia o que deve saber toda pessoa que assiste corretamente a concertos. Era de San Luis de la Punta; iniciou sua carreira com escrupulosos retratos de Juan Crisóstomo Lafinur e do coronel Pascual Pringles, que foram previsivelmente adquiridos pelo Museu Provincial. Do retrato de próceres locais passou às casas velhas de Buenos Aires, cujos modestos pátios delineou com modestas cores, não com a berrante cenografia que outros lhes dão. Alguém — que certamente não foi a senhora Figueroa — disse que toda a sua arte se alimentava dos mestres genoveses do século XIX. Entre Clara Glencairn e Nélida Sara (que, segundo dizem, teria gostado algum dia do doutor Figueroa) houve sempre certa rivalidade; talvez o duelo tenha sido entre as duas, e Marta, apenas um instrumento.

Tudo, como se sabe, acontece inicialmente em outros países e só depois no nosso. A seita de pintores, hoje tão injustamente esquecida, que se chamou concreta ou abstrata, como que para indicar seu desprezo da lógica e da linguagem, é um de tantos exemplos. Argumentava, creio, que, do mesmo modo como a música se permite criar um universo próprio de sons, a pintura, sua irmã, poderia ensaiar cores e formas que não reproduzissem as das coisas que nossos olhos vêem. Lee Kaplan escreveu que suas telas, que indignavam os burgueses, acatavam a proibição bíblica, compartilhada pelo islã, de lavrar com mãos humanas ídolos de seres vivos. Os iconoclastas, argüia, estavam restaurando a genuína tradição da arte pictórica, falsificada pelos hereges como Dürer ou Rembrandt. Seus detratores acusaram-no de ter invocado o exemplo que nos dão os tapetes, os caleidoscópios e as gravatas. As revoluções estéticas propõem às pessoas a tentação da irresponsabilidade e da facilidade; Clara Glencairn optou por ser uma pintora abstrata. Sempre havia professado o culto de Turner; dispôs-se a enriquecer a arte concreta com seus esplendores indefinidos. Trabalhou sem pressa, refez ou destruiu várias composições e no inverno de 1954 expôs uma série de têmperas numa sala da rua Suipacha, cuja especialidade eram as obras que uma metáfora militar, então em voga, chamava de vanguarda. Ocorreu um fato paradoxal: a crítica em geral foi benévola, mas o órgão oficial da seita reprovou aquelas formas anômalas que, apesar de não serem figurativas, sugeriam o tumulto de um ocaso, de uma selva ou do mar e não se resignavam a ser austeros círculos e linhas. Talvez a primeira a sorrir tenha sido Clara Glencairn. Tinha querido ser moderna e os modernos a recusavam. A execução de sua obra era mais importante para ela que seu êxito e não deixou de trabalhar. Alheia àquele episódio, a pintura seguia seu caminho.

Já tinha começado o duelo secreto. Marta não era apenas uma artista; interessava-se com afinco pelo que não é injusto chamar a parte administrativa da arte e era segunda-secretária da sociedade chamada Círculo de Giotto. Em meados de 55 conseguiu que Clara, já admitida como sócia, aparecesse como vogal na lista das novas autoridades. O fato, aparentemente banal, merece uma análise. Marta apoiara sua amiga, mas é indiscutível, embora misterioso, que a pessoa que confere um favor supera de alguma forma a quem o recebe.

Por volta de 60, "dois pincéis de nível internacional" — que nos perdoem este linguajar — disputavam um primeiro prêmio. Um dos candidatos, o mais velho, dedicara óleos solenes à representação de uns tremendos *gauchos*,*

---

* O termo *gaucho*, que algumas vezes pode ser equivalente a nosso "gaúcho", designa o tipo social que desempenhou importante papel nas atividades agropastoris e nas lutas internas que se seguiram à independência da Argentina.

de uma altura escandinava; seu rival, bastante jovem, conseguira aplausos e escândalo mediante uma aplicada incoerência. Os jurados, que haviam ultrapassado meio século, temiam que as pessoas lhes imputassem um critério antiquado e se inclinavam a votar no último, que no fundo não lhes agradava. Depois de tenazes debates, realizados de início com cortesia e por fim com tédio, não chegavam a um acordo. No decorrer da terceira discussão, um deles opinou:

— B me parece ruim; realmente me parece inferior à própria senhora Figueroa.

— E o senhor votaria nela? — disse outro, com uma ponta de malícia.

— Sim — replicou o primeiro, que já estava irritado.

Naquela mesma tarde, o prêmio foi concedido por unanimidade a Clara Glencairn. Era distinta, amável, de uma moral sem pecha e costumava dar festas, que as revistas mais caras fotografavam, em sua chácara do Pilar. O clássico jantar de homenagem foi organizado e oferecido por Marta. Clara agradeceu-lhe com poucas e sensatas palavras; observou que não existe uma oposição entre o tradicional e o novo, entre a ordem e a aventura, e que a tradição é constituída por uma trama secular de aventuras. Compareceram à manifestação numerosas pessoas da sociedade, quase todos os membros do júri e um que outro pintor.

Todos nós pensamos que o acaso nos deparou um ambiente mesquinho e que os demais são melhores. O culto dos *gauchos* e o *Beatus ille* são nostalgias urbanas; Clara Glencairn e Marta, cansadas das rotinas do ócio, cobiçavam o mundo dos artistas, gente que tinha dedicado a vida à criação de coisas belas. Presumo que no céu os bem-aventurados opinem que as vantagens daquele estabelecimento foram exageradas pelos teólogos que nunca lá estiveram. Talvez no inferno os réprobos não sejam sempre felizes.

Um par de anos depois aconteceu na cidade de Cartagena o I Congresso Internacional de Artistas Plásticos Latino-Americanos. Cada república mandou seu representante. O temário — que nos perdoem o linguajar — era de palpitante interesse: pode o artista prescindir do autóctone, pode omitir ou escamotear a fauna e a flora, pode ser insensível à problemática de caráter social, pode não unir sua voz à daqueles que estão combatendo o imperialismo saxão etc. etc.? Antes de ser embaixador no Canadá, o doutor Figueroa tinha exercido em Cartagena um cargo diplomático; Clara, um tanto envaidecida pelo prêmio, teria gostado de voltar, agora como artista. Essa esperança fracassou; Marta Pizarro foi designada pelo governo. Sua atuação (embora nem sempre persuasiva) foi não poucas vezes brilhante, segundo o testemunho imparcial dos correspondentes de Buenos Aires.

A vida exige uma paixão. As duas mulheres encontraram-na na pintura ou, melhor dizendo, na relação que aquela lhes impôs. Clara Glencairn pintava contra Marta e de certo modo para Marta; cada uma era o juiz de sua rival e o solitário público. Naquelas telas, que já ninguém olhava, creio perceber, como era inevitável, uma influência recíproca. É importante não esquecer que as duas se queriam bem e que no decorrer daquele duelo íntimo agiram com perfeita lealdade.

Foi por aqueles anos que Marta, que já não era tão jovem, recusou um pedido de casamento; só lhe interessava a sua batalha.

No dia 2 de fevereiro de 1964, Clara Glencairn morreu de um aneurisma. As colunas dos jornais lhe dedicaram longos necrológios, como ainda são de praxe em nosso país, onde a mulher é um exemplar da espécie, não um indivíduo. Afora alguma menção apressada a seus pendores pictóricos e a seu refinado bom gosto, elogiou-se sua fé, sua bondade, sua quase anônima e constante filantropia, sua linhagem aristocrática — o general Glencairn militara na campanha do Brasil — e sua destacada posição nos mais altos círculos. Marta compreendeu que sua vida já carecia de sentido. Nunca se sentira tão inútil. Recordou suas primeiras tentativas, agora distantes, e expôs no Salão Nacional um sóbrio retrato de Clara, à maneira daqueles mestres ingleses que ambas haviam admirado. Houve quem a julgasse sua melhor obra. Não voltaria a pintar.

Naquele delicado duelo que só nós, alguns íntimos, adivinháramos, não houve derrotas nem vitórias, nem sequer um encontro nem outras circunstâncias visíveis senão as que procurei registrar com respeitosa pena. Somente Deus (cujas preferências estéticas ignoramos) pode conceder a palma final. A história que se desenrolou na sombra acaba na sombra.

o outro duelo

Já faz muitos anos que Carlos Reyles, o filho do romancista, contou-me a história em Adrogué, num entardecer de verão. Na minha lembrança agora se confundem a longa crônica de um ódio e seu trágico fim com o odor medicinal dos eucaliptos e o canto dos pássaros.

Falamos, como sempre, da entrelaçada história das duas pátrias. Disse-me que sem dúvida eu ouvira falar de Juan Patricio Nolan, que ganhara fama de valente, gozador e malandro. Respondi-lhe, mentindo, que sim. Nolan morrera por volta de 90, mas as pessoas continuavam pensando nele como num amigo. Também teve seus detratores, que nunca faltam. Contou-me uma de suas muitas diabruras. O fato tinha acontecido pouco antes da Batalha de Manantiales; os protagonistas eram dois *gauchos* de Cerro Largo, Manuel Cardoso e Carmen Silveira.

Como e por que surgiu o ódio entre eles? Como recuperar, depois de um século, a obscura história de dois homens, sem outra fama a não ser a que lhes deu seu duelo final? Um capataz do pai de Reyles, que se chamava Laderecha e "tinha um bigode de tigre", recebera por tradição oral certos pormenores que agora transcrevo sem maior fé, já que o esquecimento e a memória são inventivos.

Manuel Cardoso e Carmen Silveira tinham suas chacrinhas contíguas. Como a de outras paixões, a origem de um ódio sempre é obscura, mas se fala de uma demanda por animais sem marca ou de uma corrida em pêlo, na qual Silveira, que era mais forte, havia tirado da raia a peitadas o parelheiro de Cardoso. Meses depois ia acontecer, numa casa de comércio do lugar, uma longa partida de truco a dois, de quinze e quinze; Silveira felicitava seu adversário quase a cada vaza, mas no fim o deixou sem um níquel. Quando guardou o dinheiro no cinturão, agradeceu a Cardoso a lição que lhe dera. Foi aí, creio, que estiveram a ponto de chegar às vias de fato. A partida fora muito disputada; os assistentes, que eram muitos, tiveram de apartá-los. Naquelas asperezas e naquele tempo, o homem encontrava-se com o homem, e o aço, com o aço; um traço singular da história é que Manuel Cardoso e Carmen Silveira devem ter se cruzado nas coxilhas mais de uma vez, ao entardecer e ao alvorecer, e não combateram até o fim. Talvez suas pobres vidas rudimentares não possuíssem outro bem senão o ódio e por isso o foram acumulando. Sem suspeitar disso, cada um dos dois se tornou escravo do outro.

Já não sei se os fatos que vou narrar são efeitos ou causas. Cardoso, menos por amor que para fazer alguma coisa, apaixonou-se por uma moça vizinha, a Serviliana; bastou que Silveira ficasse sabendo, para que a cortejasse do seu jeito e a levasse para o seu rancho. Depois de alguns meses, mandou-a embora porque já o estorvava. A mulher, despeitada, quis buscar o amparo de Cardoso; este passou uma noite com ela e despediu-a ao meio-dia. Não queria as sobras do outro.

Foi por aqueles anos que aconteceu, antes ou depois da Serviliana, o incidente do ovelheiro. Silveira era muito apegado a ele e havia lhe posto o nome de Trinta e Três. Encontraram-no morto numa sanga; Silveira não deixou de maliciar quem o tinha envenenado.

Por volta do inverno de 70, a revolução de Aparicio encontrou-os na mesma venda da partida de truco. À frente de um piquete de *montoneros*,* um brasileiro amulatado arengou aos presentes, disse-lhes que a pátria precisava deles, que a opressão governista era intolerável, distribuiulhes divisas brancas e, depois desse exórdio que não entenderam, arrebanhou todos. Não lhes permitiram despedir-se de suas famílias. Manuel Cardoso e Carmen Silveira aceitaram sua sorte; a vida de soldado não era mais dura que a vida de *gaucho*. Dormir na intempérie, sobre os arreios, era algo a que já estavam afeitos; matar homens não custava muito à mão que se habituara a matar animais. A falta de imaginação os livrou do medo e da piedade, embora o primeiro tenha chegado a atingi-los por vezes, no início das descargas. O tremor dos estribos e das armas é uma das coisas sempre ouvidas quando a cavalaria entra em ação. O homem que não foi ferido de início já se crê invulnerável. Não sentiram falta de seus pagos. O conceito de pátria lhes era estranho; apesar das divisas dos chapéus, um partido ou

---

* Guerrilheiros *gauchos* e índios que participavam das milícias conhecidas por *montoneras* na guerra que se travou durante o processo de independência da Argentina e do Uruguai, nas primeiras décadas do século XIX.

64

outro dava no mesmo. Aprenderam o que se pode fazer com uma lança. No decorrer de marchas e contramarchas, acabaram por sentir que ser companheiros lhes permitia continuar sendo rivais. Lutaram ombro a ombro e não trocaram, que se saiba, uma única palavra.

No outono de 71, que foi pesado, chegaria para eles o fim.

O combate, que não duraria uma hora, aconteceu num lugar cujo nome nunca souberam. Os nomes são os historiadores que põem depois. Na véspera, Cardoso se meteu, engatinhando, na barraca do chefe e lhe pediu em voz baixa que, se vencessem no dia seguinte, reservasse para ele um dos *colorados*, porque ele não tinha degolado ninguém até então e queria saber como era. O superior prometeu-lhe que, se se comportasse como um homem, iria lhe fazer esse favor.

Os *blancos* estavam em maioria, mas os outros dispunham de melhor armamento e os dizimaram do alto de um morro. Depois de dois ataques inúteis que não chegaram ao cume, o chefe, gravemente ferido, rendeu-se. Ali mesmo, a pedido dele, deram fim a seu sofrimento.

Os homens depuseram as armas. O capitão Juan Patricio Nolan, que comandava os *colorados*, ordenou com suprema prolixidade a famosa execução dos prisioneiros. Era de Cerro Largo e não desconhecia o rancor antigo de Silveira e Cardoso. Mandou chamá-los e lhes disse:

— Já sei que vocês dois não podem se ver e que andam se rondando há um bom tempo. Tenho para vocês uma boa notícia; antes do pôr-do-sol vão poder provar quem é mais touro. Vou mandar degolá-los de pé e depois vão apostar uma corrida. Só Deus sabe quem vai ganhar.

O soldado que os trouxera levou-os.

A notícia não tardou a se espalhar por todo o acampamento. Nolan tinha resolvido que a corrida coroaria o espetáculo daquela tarde, mas os prisioneiros lhe enviaram um encarregado para lhe dizer que eles também queriam ser testemunhas e apostar em um dos dois. Nolan, que era homem razoável, deixou-se convencer; apostaram dinheiro, apetrechos para montar, armas brancas, cavalos, que seriam entregues no devido tempo às viúvas e aos parentes. O calor era inusitado; para que ninguém ficasse sem a sesta, retardaram as coisas até as quatro. (Deu-lhes trabalho acordar Silveira.) Nolan, à maneira crioula, ficou à espera deles uma hora. Devia estar comentando a vitória com outros oficiais; o assistente ia e vinha com a chaleira.

De cada lado do caminho de terra, na frente das barracas, aguardavam as filas de prisioneiros, sentados no chão, com as mãos amarradas às costas, para não darem trabalho. Um ou outro se desafogava em palavrões, um disse o início do Pai-Nosso, quase todos estavam como que aturdidos. Naturalmente, não podiam fumar. Já não se importavam com a corrida, mas todos olhavam.

— Também vão me agarrar pelos cabelos — disse um deles, com inveja.

— É, mas no meio de um montão — corrigiu um vizinho.

— Como você — o outro retrucou.

Com o sabre, um sargento fez uma risca de lado a lado do caminho. Silveira e Cardoso tiveram as munhecas desamarradas para que não corressem travados. Um espaço de mais de cinco varas mediava entre os dois. Puseram os pés na risca; alguns chefes lhes pediram que não falhassem, porque tinham fé neles e as somas que haviam apostado eram de grande monta.

A Silveira coube por sorteio o Pardo Nolan, cujos avós sem dúvida haviam sido escravos da família do capitão e tinham o nome dela; a Cardoso, o degolador habitual, um correntino idoso que, para serenar os condenados, costumava lhes dizer, com uma palmadinha no ombro: "Ânimo, amigo; as mulheres sofrem mais quando parem".

Com o torso inclinado para a frente, os dois homens ansiosos não se olharam.

Nolan deu o sinal.

Pardo, envaidecido por sua atuação, deixou a mão correr e abriu uma rasgadura vistosa que ia de orelha a orelha; para o correntino, bastou um talho estreito. Das gargantas brotou o jato de sangue; os homens deram alguns passos e caíram de bruços. Cardoso, na queda, esticou os braços. Ganhou e nunca, talvez, o soube.

guayaquil

Não verei o cume do Higuerota duplicar-se nas águas do golfo Plácido, não irei ao Estado Ocidental, não decifrarei a letra de Bolívar naquela biblioteca que, de Buenos Aires, imagino de tantos modos e tem sem dúvida sua forma exata e suas crescentes sombras.

Releio o parágrafo anterior para redigir o seguinte e me surpreende seu tom ao mesmo tempo melancólico e pomposo. Talvez não se possa falar daquela república do Caribe sem refletir, ainda que de longe, o estilo monumental de seu historiador mais famoso, o capitão José Korzeniovski, mas no meu caso há outro motivo. O íntimo propósito de infundir um tom patético a um episódio um tanto penoso e propriamente corriqueiro ditou-me o parágrafo inicial. Contarei com toda a probidade o que aconteceu; isso me ajudará, talvez, a entendê-lo. Além do mais, confessar um fato é deixar de ser o ator para ser uma testemunha, para ser alguém que o olha e narra e que já não é quem o executou.

O caso me aconteceu sexta-feira passada, nesta mesma sala em que escrevo, nesta mesma hora da tarde, agora um pouco mais fresca. Sei que tendemos a esquecer as coisas ingratas; quero deixar escrito meu diálogo com o doutor Eduardo Zimmermann, da Universidad del Sur, antes que o esquecimento o desfigure. A lembrança que guardo é ainda muito vívida.

Para que se entenda minha narrativa, terei de recordar brevemente a curiosa aventura de certas cartas de Bolívar, que foram exumadas do arquivo do doutor Avellanos, cuja *Historia de cincuenta años de desgobierno*, que se julgou perdida em circunstâncias que são do domínio público, foi descoberta e publicada em 1939 por seu neto, o doutor Ricardo Avellanos. A julgar pelas referências que recolhi em diversas publicações, essas cartas não oferecem maior interesse, salvo uma datada de Cartagena, no dia 13 de agosto de 1822, na qual o Libertador relata detalhes de sua entrevista com o general San Martín. Inútil destacar o valor deste documento em que Bolívar revelou, ainda que parcialmente, o acontecido em Guayaquil. O doutor Ricardo Avellanos, tenaz opositor do oficialismo, negou-se a entregar o epistolário à Academia de la Historia e ofereceu-o a diversas repúblicas latino-americanas. Graças ao louvável zelo de nosso embaixador, o doutor Melaza, o governo argentino foi o primeiro a aceitar a desinteressada oferta. Concordou-se que um representante se dirigiria a Sulaco, capital do Estado Ocidental, e tiraria cópia das cartas para publicá-las aqui. O reitor de nossa universidade, onde exerço o cargo de titular de História Americana, teve a deferência de me recomendar ao ministro para cumprir essa missão; também obtive os sufrágios mais ou menos unânimes da Academia Nacional de la Historia, à qual pertenço. Uma vez fixada a data em que o ministro me receberia, soubemos que a Universidad del Sur, que ignorava, prefiro supor, aquelas decisões, propusera o nome do doutor Zimmermann.

Trata-se, como talvez o leitor o saiba, de um historiógrafo estrangeiro, expulso de seu país pelo Terceiro Reich e agora cidadão argentino. De sua obra, sem dúvida benemérita, só pude examinar uma defesa da república semítica de Cartago, que a posteridade julga através dos historiadores romanos, seus inimigos, e uma espécie de ensaio que sustenta que o governo não deve ser uma atividade visível e patética. Essa afirmação mereceu a refutação decisiva de Martin Heidegger, que demonstrou, mediante fotocópias das manchetes dos jornais, que o moderno chefe de Estado, longe de ser um anônimo, é antes de mais nada o protagonista, o corifeu, o David dançante, que mima o drama de seu povo, provido de pompa cênica e capaz de recorrer, sem vacilar, às hipérboles da arte oratória. Provou igualmente que a linhagem de Zimmermann era hebraica, para não dizer judia. Essa publicação do venerando existencialista foi a causa imediata do êxodo e das atividades migratórias de nosso hóspede.

Sem dúvida, Zimmermann tinha vindo a Buenos Aires para se entrevistar com o ministro; este me sugeriu pessoalmente, por intermédio de um secretário, que falasse com Zimmermann e o pusesse a par do assunto, para evitar o espetáculo lamentável de duas universidades em desacordo. Aceitei, como é natural. De volta a casa, disseram-me que o doutor Zimmermann havia anunciado por telefone sua visita, às seis da tarde. Moro, como é sabido, na rua Chile. Davam exatamente as seis quando soou a campainha.

Eu mesmo, com simplicidade republicana, abri a porta para ele e o levei a meu escritório particular. Detevese em olhar o pátio; as lajotas pretas e brancas, as duas magnólias e a cisterna suscitaram sua loquacidade. Estava, creio, um tanto nervoso. Nele nada havia de singular; contaria uns quarenta anos e tinha a cabeça um pouco grande. Os óculos escuros ocultavam os olhos; em algum momento os deixou em cima da mesa e tornou a pegálos. Quando nos cumprimentamos, notei com satisfação que eu era mais alto, e imediatamente me envergonhei dessa satisfação, já que não se tratava de um duelo físico, tampouco moral, mas de uma *mise au point* talvez incômoda. Sou pouco ou nada observador, mas me lembro do que certo poeta chamou, com a feiúra condizente com o que descreve, o alinho de sua desajeitada indumentária. Vejo ainda aquelas partes da roupa de um azul forte, com excesso de botões e de bolsos. Sua gravata, observei, era um daqueles laços de ilusionista ajustados por dois fechos elásticos. Trazia um cartapácio de couro que presumi cheio de documentos. Usava um desmesurado bigode de corte militar; no decorrer da conversação acendeu um charuto e senti então que havia coisas demais naquele rosto. *Trop meublé*, disse a mim mesmo.

O caráter sucessivo da linguagem exagera indevidamente os fatos que enunciamos, já que cada palavra abrange um lugar na página e um instante na mente do leitor; além das trivialidades visuais que enumerei, o homem dava a impressão de um passado incerto.

Há no escritório um retrato oval de meu bisavô, que militou nas guerras da Independência, e algumas vitrines com espadas, medalhas e bandeiras. Mostrei-lhe, com alguma explicação, aquelas velhas coisas gloriosas; olhava-as rapidamente como quem executa um dever e completava minhas palavras, não sem certa impertinência, que julgo involuntária e mecânica. Dizia, por exemplo:

— Correto. Combate de Junín. Dia 6 de agosto de 1824. Ataque da cavalaria de Juárez.

— De Suárez — corrigi.

Suspeito que o erro tenha sido deliberado. Abriu os braços com um gesto oriental e exclamou:

— Meu primeiro erro, que não será o último! Eu me alimento de textos e me confundo; no senhor o interessante passado está vivo.

Pronunciava o vê quase como se fosse um efe.

Essas bajulações não me agradaram. Os livros é que o interessaram mais. Deixou o olhar vagar sobre os títulos quase amorosamente e recordo que disse:

— Ah, Schopenhauer, que sempre menosprezou a história... Essa mesma edição, organizada por Grisebach, eu tive em Praga, e acreditava que fosse envelhecer na amizade desses volumes manuseáveis, mas precisamente a história, encarnada num insensato, expulsou-me de casa e daquela cidade. Aqui estou com o senhor, na América, em sua casa agradável...

Falava com incorreção e fluidez; o perceptível sotaque alemão convivia com algum ceceio espanhol.

Já estávamos sentados e aproveitei o que ele falou, para entrar no assunto. Disse-lhe:

— Aqui a história é menos impiedosa. Espero morrer nesta casa, onde nasci. Para cá meu bisavô trouxe essa espada, que andou pela América; aqui tenho refletido sobre o passado e escrevi meus livros. Quase posso dizer que nunca deixei esta biblioteca, mas agora por fim vou sair, para percorrer a terra que só havia percorrido nos mapas.

Atenuei com um sorriso meu possível excesso retórico.

— O senhor está aludindo a uma certa república do Caribe? — disse Zimmermann.

— Exato. A essa viagem iminente devo a honra de sua visita — respondi.

Trinidad nos serviu café. Prossegui com lenta segurança:

— O senhor já deve saber que o ministro me deu a missão de transcrever e prologar as cartas de Bolívar que um acaso exumou do arquivo do doutor Avellanos. Esta missão coroa, com uma espécie de feliz fatalidade, o trabalho de toda a minha vida, o trabalho que de certo modo trago no sangue.

Foi para mim um alívio ter dito o que tinha de dizer. Zimmermann não pareceu ter me ouvido; seus olhos não olhavam para meu rosto mas para os livros às minhas costas. Assentiu vagamente e, em seguida, com ênfase:

— No sangue. O senhor é o genuíno historiador. Sua gente andou pelos campos da América e travou as grandes batalhas, enquanto a minha, obscura, mal emergia do gueto. O senhor traz a história no sangue, segundo suas eloqüentes palavras; para o senhor é suficiente ouvir com atenção essa voz recôndita. Eu, ao contrário, devo me dirigir a Sulaco e decifrar papéis e papéis talvez apócrifos. Acredite-me, doutor, que o invejo.

Nem um desafio nem uma zombaria se deixavam transparecer naquelas palavras; eram já a expressão de uma vontade, que fazia do futuro algo tão irrevogável quanto o passado. Seus argumentos foram o de menos; o poder estava no homem, não na dialética. Zimmermann continuou com uma lentidão pedagógica:

— Em matéria bolivariana (perdão, sanmartiniana) a posição do senhor, querido mestre, é bastante conhecida. *Votre siège est fait.* Não decifrei ainda a carta de Bolívar em questão, mas é inevitável ou razoável conjecturar que Bolívar a tenha escrito para se justificar. Em todo caso, a famigerada epístola nos revelará o que poderíamos chamar o setor Bolívar, não o setor San Martín. Uma vez publicada, será preciso sopesá-la, examiná-la, passá-la pelo crivo crítico e, talvez, se necessário, refutá-la. Ninguém mais indicado para esse julgamento final que o senhor, com sua lupa. O escalpelo, o bisturi, se o rigor científico o exigir! Permita-me também acrescentar que o nome do divulgador da carta ficará vinculado à carta. Não é conveniente para o senhor, de modo algum, semelhante vinculação. O público não percebe matizes.

Compreendo agora que o que debatemos depois foi essencialmente inútil. Talvez o tenha sentido então; para não lhe fazer frente, agarrei-me a um pormenor e lhe perguntei se de verdade acreditava que as cartas eram apócrifas.

— Que sejam de punho e letra de Bolívar — respondeu-me — não significa que toda a verdade esteja nelas. Bolívar pode ter querido enganar seu correspondente ou, simplesmente, pode ter se enganado. O senhor, um historiador, um meditativo, sabe melhor do que eu que o mistério está em nós mesmos, não nas palavras.

Aquelas generalidades pomposas enfastiaram-me e observei secamente que, dentro do enigma que nos rodeia, a entrevista de Guayaquil em que o general San

Martín renunciou à mera ambição e deixou o destino da América nas mãos de Bolívar é também um enigma que pode merecer estudo.

Zimmermann respondeu:

— As explicações são tantas... Alguns conjecturam que San Martín teria caído numa cilada; outros, como Sarmiento, que seria um militar europeu, extraviado num continente que ele não compreendeu jamais; outros, em geral argentinos, atribuíram-lhe um ato de abnegação; outros, de cansaço. Há aqueles que falam da ordem secreta de não sei que loja maçônica.

Observei que, de qualquer modo, seria interessante recuperar as exatas palavras que se disseram o Protetor do Peru e o Libertador.

Zimmermann sentenciou:

— Talvez as palavras que trocaram tenham sido triviais. Dois homens se enfrentaram em Guayaquil; se um deles se impôs, foi por sua vontade maior, não por jogos dialéticos. Como o senhor vê, não esqueci meu Schopenhauer.

Acrescentou com um sorriso:

— *Words, words, words*. Shakespeare, insuperável mestre das palavras, desdenhava-as. Em Guayaquil ou em Buenos Aires, em Praga, sempre contam menos que as pessoas.

Naquele momento senti que alguma coisa estava acontecendo a nós, ou melhor, já havia acontecido. De certo modo, já éramos outros. O crepúsculo entrava no aposento e eu não tinha acendido as luzes. Um pouco casualmente, perguntei:

— O senhor é de Praga, doutor?

— Eu era de Praga — respondeu.

Para evitar o tema central, observei:

— Deve ser uma estranha cidade. Não a conheço, mas o primeiro livro em alemão que li foi o romance *O Golem* de Meyrink.

Zimmermann respondeu:

— É o único livro de Gustav Meyrink que merece lembrança. É preferível não gostar dos outros, feitos de má literatura e de pior teosofia. Contudo, algo da estranheza de Praga anda por esse livro de sonhos que se perdem em outros sonhos. Tudo é estranho em Praga ou, se o senhor preferir, nada é estranho. Pode acontecer qualquer coisa. Em Londres, em algum entardecer, senti o mesmo.

— O senhor — respondi — falou da vontade. Nos *Mabinogion*, dois reis jogam xadrez no alto de um morro, enquanto embaixo seus guerreiros combatem. Um dos reis ganha a partida; um ginete chega com a notícia de que o exército do outro foi vencido. A batalha dos homens era o reflexo da batalha do tabuleiro.

— Ah, uma operação mágica — disse Zimmermann.

Respondi-lhe:

— Ou a manifestação de uma vontade em dois campos diferentes. Outra lenda dos celtas conta o duelo de dois bardos famosos. Um, acompanhando-se à harpa, canta desde o crepúsculo do dia até o crepúsculo da noite. Já sob as estrelas ou sob a lua, entrega a harpa ao outro. Este a deixa de lado e se põe de pé. O primeiro confessa sua derrota.

— Que erudição, que poder de síntese! — exclamou Zimmermann.

Acrescentou, já mais sereno:

— Devo confessar minha ignorância, minha lamentável ignorância, da matéria da Bretanha. O senhor, como o dia, abrange o Ocidente e o Oriente, enquanto eu estou reduzido a meu canto cartaginês, que agora complemento com uma pitada de história americana. Sou um simples metódico.

O servilismo do hebreu e o servilismo do alemão estavam em sua voz, mas senti que não lhe custava nada me dar a razão e me adular, uma vez que o êxito era dele.

Suplicou-me que não me preocupasse com as gestões de sua viagem. (*Tratativas* foi a palavra atroz que usou.) Ato contínuo, tirou da pasta uma carta dirigida ao ministro, na qual eu lhe expunha os motivos de minha renúncia e as reconhecidas virtudes do doutor Zimmermann, e me pôs na mão sua caneta-tinteiro para que eu a assinasse. Quando guardou a carta, não pude deixar de entrever sua passagem marcada para o vôo Ezeiza—Sulaco.

Ao sair, tornou a se deter diante dos tomos de Schopenhauer e disse:

— Nosso mestre, nosso mestre comum, conjecturava que nenhum ato é involuntário. Se o senhor permanece nesta casa, nesta elegante casa aristocrática, é porque intimamente quer permanecer. Acato e agradeço sua vontade.

Aceitei sem uma palavra essa última esmola.

Fui com ele até a porta da rua. Ao nos despedirmos, declarou:

— Excelente o café.

Releio estas desordenadas páginas, que não tardarei a entregar ao fogo. A entrevista tinha sido curta.

Pressinto que não escreverei mais. *Mon siège est fait.*

o evangelho segundo são marcos

O fato aconteceu na estância Los Álamos, no sul do município de Junín, nos últimos dias de março de 1928. Seu protagonista foi um estudante de medicina, Baltasar Espinosa. Podemos defini-lo por ora como um de tantos rapazes portenhos, sem outros traços dignos de nota a não ser essa faculdade oratória que o fizera merecedor de mais de um prêmio no colégio inglês de Ramos Mejía e uma quase ilimitada bondade. Não gostava de discutir; preferia que o interlocutor tivesse razão, e não ele. Embora os acasos do jogo despertassem seu interesse, era um mau jogador, porque não gostava de ganhar. Sua arejada inteligência era preguiçosa; aos trinta e três anos faltava-lhe apenas uma matéria para graduar-se, a que mais o atraía. Seu pai, que era livre-pensador, como todos os senhores de sua época, instruíra-o na doutrina de Herbert Spencer, mas sua mãe, antes de uma viagem a Montevidéu, pediu-lhe que toda noite rezasse o Pai-Nosso e fizesse o sinal-da-cruz. Ao longo dos anos nunca quebrara aquela promessa. Não carecia de coragem; certa manhã havia trocado, com mais indiferença que raiva, dois ou três socos com um grupo de companheiros que queriam forçá-lo a participar de uma greve universitária. Era pródigo, por espírito de aquiescência, em opiniões ou hábitos discutíveis; o país tinha menos importância para ele que o risco de que noutras partes acreditassem que usamos penas; venerava a França mas menosprezava os franceses; não fazia caso dos americanos, mas aprovava o fato de haver arranha-céus em Buenos Aires; acreditava que os *gauchos* da planície são melhores cavaleiros que os das coxilhas ou das colinas. Quando Daniel, seu primo, propôs-lhe veranear em Los Álamos, disse imediatamente que sim, não porque gostasse do campo mas por complacência natural e porque não procurou motivos válidos para dizer que não.

A sede da estância era grande e um pouco abandonada; as dependências do capataz, que se chamava Gutre, ficavam muito perto. Os Gutre eram três: o pai, o filho, que era singularmente tosco, e uma moça de paternidade incerta. Eram altos, fortes, ossudos, com cabelo que puxava para o avermelhado e feições de índio. Quase não falavam. A mulher do capataz morrera havia anos.

Espinosa, no campo, foi aprendendo coisas que não sabia e que não suspeitava. Por exemplo, que não se deve galopar quando se está chegando perto das casas e que ninguém sai para andar a cavalo se não é para cumprir uma tarefa. Com o tempo seria capaz de distinguir os pássaros pelo pio.

Poucos dias depois, Daniel teve de se ausentar numa ida à capital para fechar um negócio de animais. No máximo, a operação iria lhe tomar uma semana. Espinosa, que já estava um pouco cansado das *bonnes fortunes* do primo e do infatigável interesse dele pelas variações da moda masculina, preferiu ficar na estância, com seus livros escolares. O calor apertava e nem sequer a noite trazia um alívio. Ao amanhecer, os trovões acordaram-no. O vento sacudia as casuarinas. Espinosa ouviu as primeiras gotas e deu graças a Deus. O ar frio veio de repente. Naquela tarde, o Salado transbordou.

No outro dia, Baltasar Espinosa, olhando da varanda os campos alagados, pensou que a metáfora que equipara o pampa ao mar não era, pelo menos naquela manhã, de todo falsa, embora Hudson tivesse escrito que o mar nos parece maior, porque o vemos da coberta do barco e não do cavalo ou de nossa altura. A chuva não diminuía; os Gutre, ajudados ou incomodados pelo homem da cidade, salvaram boa parte da criação, apesar dos muitos animais afogados. Os caminhos para chegar à estância eram quatro: as águas cobriram todos. No terceiro dia, uma goteira ameaçou a casa do capataz; Espinosa lhes cedeu um quarto que ficava no fundo, ao lado do galpão das ferramentas. A mudança foi aproximando-os; comiam juntos na grande sala de jantar. O diálogo se tornava difícil; os Gutre, que sabiam tantas coisas em matéria de campo, não sabiam explicá-las. Uma noite, Espinosa perguntoulhes se o pessoal dali guardava alguma lembrança dos ataques de índios, quando o quartel do comando estava em Junín. Disseram-lhe que sim, mas teriam respondido o mesmo a uma pergunta sobre a execução de Carlos I. Espinosa lembrou que seu pai costumava dizer que quase todos os casos de longevidade que se dão no campo são casos de má memória ou de uma noção vaga das datas. Os *gauchos* costumam ignorar por igual o ano em que nasceram e o nome de quem os gerou.

Em toda a casa não havia outros livros senão uma série da revista *La Chacra*, um manual de veterinária, um exemplar de luxo do *Tabaré*, uma *Historia del Shorthorn en la Argentina*, umas quantas narrativas eróticas ou policiais e um romance recente: *Don Segundo Sombra*. Espinosa, para distrair de algum modo a conversa inevitável depois do jantar, leu um par de capítulos aos Gutre, que eram analfabetos. Infelizmente, o capataz tinha sido tropeiro e as andanças de outro não podiam interessá-lo. Disse que aquele trabalho era leve, que levavam sempre uma besta de carga com tudo o que precisavam e que, se não tivesse sido tropeiro, nunca teria chegado até a Laguna de Gómez, o Bragado e os campos dos Núñez, em Chacabuco. Na cozinha havia uma guitarra; os peões, antes dos fatos que narro, sentavam-se em roda; alguém a afinava e nunca chegava a tocar. Isso se chamava uma guitarrada.

Espinosa, que deixara crescer a barba, costumava demorar diante do espelho para olhar seu rosto mudado e sorria ao pensar que em Buenos Aires aborreceria os rapazes com o relato da inundação do Salado. Curiosamente, sentia falta dos lugares aonde nunca ia nem iria: uma esquina da rua Cabrera em que há uma caixa de correio, uns leões de alvenaria num portão da rua Jujuy, a algumas quadras do Once, um armazém com piso de lajotas que ele não sabia bem onde era. Quanto a seus irmãos e a seu pai, já saberiam por Daniel que estava isolado — a palavra, etimologicamente, era justa — pela enchente.

Explorando a casa, sempre cercada pelas águas, deu com uma Bíblia em inglês. Nas páginas finais, os Guthrie — era esse o verdadeiro nome deles — tinham escrito sua história. Eram oriundos de Inverness, chegaram a este continente, sem dúvida como peões, no início do século XIX, e se cruzaram com índios. A crônica se detinha por volta de mil oitocentos e setenta e tantos; já não sabiam escrever. Ao cabo de algumas poucas gerações haviam esquecido o inglês; o castelhano, quando Espinosa os conheceu, dava-lhes trabalho. Careciam de fé, mas em seu sangue perduravam, como rastros obscuros, o duro fanatismo do calvinista e as superstições do pampa. Espinosa falou-lhes de seu achado e quase não escutaram.

Folheou o volume e seus dedos o abriram no começo do Evangelho segundo São Marcos. Para se exercitar na tradução e talvez para ver se entendiam algo, decidiu ler para eles aquele texto após o jantar. Surpreendeu-o que o escutassem com atenção e depois com tácito interesse. Talvez a presença das letras de ouro na capa lhe desse mais autoridade. Trazem isso no sangue, pensou. Também lhe ocorreu que os homens, ao longo do tempo, sempre repetiram duas histórias: a de um barco perdido que procura pelos mares mediterrâneos uma ilha querida, e a de um deus que foi crucificado no Gólgota. Recordou as aulas de elocução em Ramos Mejía e se punha de pé para pregar as parábolas.

Os Gutre despachavam a carne assada e as sardinhas para não atrasar o Evangelho.

Uma ovelhinha que a moça mimava e adornava com uma fitinha azul se feriu com um arame farpado. Para estancar o sangue, queriam pôr nela uma teia de aranha; Espinosa curou-a com alguns comprimidos. A gratidão que aquela cura despertou não deixou de assombrá-lo. No início, desconfiara dos Gutre e tinha escondido num de seus livros os duzentos e quarenta pesos que trazia consigo; agora, ausente o dono, ele tomara seu lugar e dava ordens tímidas, que eram imediatamente acatadas. Os Gutre o seguiam pelos cômodos e pelo corredor, como se andassem perdidos. Enquanto lia, notou que retiravam as migalhas que ele deixara sobre a mesa. Uma tarde surpreendeu-os falando dele com respeito e poucas palavras. Concluído o Evangelho segundo São Marcos, quis ler outro dos três que faltavam; o pai pediu-lhe que repetisse o que já havia lido, para entendê-lo bem. Espinosa sentiu que eram como crianças, a quem a repetição agrada mais que a variação ou a novidade. Uma noite sonhou com o Dilúvio, o que não é de estranhar; as marteladas da fabricação da arca acordaram-no e pensou que talvez fossem trovões. Com efeito, a chuva, que amainara, voltou a recrudescer. O frio era intenso. Disseram-lhe que o temporal tinha quebrado o teto do galpão das ferramentas e que iriam lhe mostrar quando as vigas estivessem arrumadas. Já não era um forasteiro e todos o tratavam com atenção e quase o mimavam. Nenhum deles gostava de café, mas havia sempre uma xicrinha para ele, a qual enchiam de açúcar.

O temporal aconteceu numa terça-feira. Na quinta à noite ele foi acordado por uma batidinha suave na porta que, por via das dúvidas, ele sempre fechava com chave. Levantou-se e abriu: era a moça. Não a viu no escuro, mas pelos passos notou que estava descalça e depois, na cama, que viera do fundo, nua. Não o abraçou, não disse uma única palavra; estendeu-se junto dele e estava tremendo. Era a primeira vez que conhecia um homem. Quando foi embora, não lhe deu sequer um beijo; Espinosa pensou que nem mesmo sabia como ela se chamava. Premido por um motivo íntimo que não tentou averiguar, jurou que em Buenos Aires não contaria a ninguém aquela história.

O dia seguinte começou como os anteriores, exceto que o pai falou com Espinosa e perguntou-lhe se Cristo se deixou matar para salvar todos os homens. Espinosa, que era livre-pensador mas que se viu obrigado a justificar o que lera para eles, respondeu-lhe:

— Sim, para salvá-los do inferno.

Gutre disse-lhe então:

— Que é o inferno?

— Um lugar sob a terra onde as almas arderão e arderão.

— E também se salvaram os que lhe pregaram os pregos?

— Sim — replicou Espinosa, cuja teologia era incerta.

Tivera medo de que o capataz lhe exigisse explicações do que acontecera na noite anterior com a filha dele. Depois do almoço, pediram-lhe que relesse os últimos capítulos.

Espinosa dormiu uma longa sesta, um leve sono interrompido por persistentes martelos e vagas premonições. Por volta do entardecer, levantou-se e saiu para o corredor. Disse como se pensasse em voz alta:

— As águas estão baixas. Já falta pouco.

— Já falta pouco — repetiu Gutre, como um eco.

Os três o haviam seguido. De joelhos no piso de pedra pediram-lhe a bênção. Depois o amaldiçoaram, cuspiram nele e o empurraram até o fundo. A moça chorava. Espinosa entendeu o que o esperava do outro lado da porta. Quando a abriram, viu o firmamento. Um pássaro piou; pensou: é um pintassilgo. O galpão estava sem teto; tinham arrancado as vigas para construir a Cruz.

84

o informe
de brodie

Num exemplar do primeiro volume d'*As mil e uma noites* (Londres, 1840), de Lane, que meu querido amigo Paulino Keins conseguiu para mim, descobrimos o manuscrito que agora vou traduzir para o espanhol. A esmerada caligrafia — arte que as máquinas de escrever estão nos ensinando a perder — sugere que foi redigido por volta daquela mesma data. Lane foi pródigo, como se sabe, em extensas notas explicativas; as margens adicionam acréscimos, com pontos de interrogação e de vez em quando com correções, cuja letra é a mesma do manuscrito. Dir-se-ia que interessaram menos a seu leitor os prodigiosos contos de Xerazade que os hábitos do islã. De David Brodie, cuja assinatura ornada de uma rubrica aparece no final, nada pude averiguar, exceto que foi um missionário escocês, oriundo de Aberdeen, que pregou a fé cristã no centro da África e depois em certas regiões selvagens do Brasil, terra a que o levaria seu conhecimento do português. Ignoro a data e o lugar de sua morte. O manuscrito, que eu saiba, nunca foi dado à luz.

Traduzirei fielmente o informe, escrito num inglês incolor, sem me permitir outras omissões senão as de algum versículo da Bíblia e a de uma curiosa passagem sobre as práticas sexuais dos Yahoos que o bom presbiteriano confiou pudicamente ao latim. Falta a primeira página.

... da região que os homens-macacos (*Apemen*) infestam têm sua morada os *Mlch*,[1] que chamarei de Yahoos, para que meus leitores não esqueçam a natureza bestial deles e porque uma transliteração precisa é quase impossível, dada a ausência de vogais em sua áspera linguagem. Os indivíduos da tribo não passam, creio, de setecentos, incluindo os *Nr*, que habitam mais ao sul, no meio do mato. A cifra que propus é conjectural, já que, com exceção do rei, da rainha e dos feiticeiros, os Yahoos dormem onde a noite os encontra, sem lugar fixo. A febre palustre e as incursões contínuas dos homens-macacos diminuem seu número. Somente alguns poucos têm nome. Para se chamarem, jogam lama uns nos outros. Vi também Yahoos que, para chamar um amigo, atiravam-se no chão e se espojavam. Fisicamente não diferem dos Kroo, exceto pela testa mais baixa e por certo matiz acobreado que atenua sua negrura. Alimentam-se de frutos, raízes e répteis; bebem leite de gato e de morcego e pescam com a mão. Escondemse para comer ou fecham os olhos; o resto fazem à vista de todos, como os filósofos cínicos. Devoram os cadáveres crus dos feiticeiros e dos reis, para assimilar a virtude deles. Reprovei-os por esse costume; tocaram na boca e na barriga, talvez para indicar que os mortos também são alimento ou — isto, porém, talvez seja demasiado sutil — para

1 Dou ao *ch* o valor que tem na palavra *loch*.

que eu entendesse que tudo o que comemos é, afinal de contas, carne humana.

Em suas guerras usam pedras, de que fazem provisões, e imprecações mágicas. Andam nus; as artes da vestimenta e da tatuagem lhes são desconhecidas.

É digno de atenção o fato de que, dispondo de uma meseta extensa e relvosa, onde há mananciais de água clara e árvores que propiciam a sombra, tenham optado por se amontoar nos pântanos que rodeiam a base, como que se deleitando com os rigores do sol equatorial e da impureza. As ladeiras são ásperas e formariam uma espécie de muro contra os homens-macacos. Nas Terras Altas da Escócia os clãs erigiam seus castelos no cume de um morro; relatei esse uso aos feiticeiros, propondo-o como exemplo, mas tudo foi inútil. Permitiram-me, entretanto, armar uma cabana na meseta, onde o ar da noite é mais fresco.

A tribo é regida por um rei, cujo poder é absoluto, mas suspeito que os que verdadeiramente governam são os quatro feiticeiros que o assistem e que o elegeram. Cada menino que nasce está sujeito a um detido exame; se apresentar certos estigmas, que não me foram revelados, será elevado a rei dos Yahoos. Ato contínuo, mutilam-no (*he is gelded*), queimam os olhos dele e lhe cortam as mãos e os pés, para que o mundo não o distraia da sabedoria. Vive confinado numa caverna, cujo nome é Alcáçar (*Qzr*), na qual só podem entrar os quatro feiticeiros e o par de escravas que cuidam dele e o untam de esterco. Se há uma guerra, os feiticeiros o tiram da caverna, exibem-no à tribo para estimular a coragem dela e o levam, carregado nos ombros, ao centro mais duro do combate, à guisa de bandeira ou de talismã. Em tais casos o comum é que morra imediatamente, sob as pedras que os homens-macacos lhe atiram.

A rainha, a quem não é permitido ver o rei, vive em outro Alcáçar. Ela se dignou me receber; era sorridente, jovem e bonita, até onde sua raça o permite. Pulseiras de metal e de marfim e colares de dentes adornavam sua nudez. Olhou-me, cheirou-me e me tocou e terminou por se oferecer a mim, à vista de todas as açafatas. Meu hábito eclesiástico (*my cloth*) e meus costumes me fizeram declinar daquela honra, que ela costuma conceder aos feiticeiros e aos caçadores de escravos, em geral muçulmanos, cujas cáfilas (caravanas) atravessam o reino. Espetou-me a carne duas ou três vezes com um alfinete de ouro; essas espetadas são a marca do favor real e não são poucos os Yahoos que as praticam, para simular que foi a rainha quem as fez. Os ornamentos que enumerei vêm de outras regiões; os Yahoos julgam-nos naturais, porque são incapazes de fabricar o objeto mais simples. Para a tribo minha cabana era uma árvore, embora muitos tivessem me visto construí-la e tivessem me ajudado. Entre outros pertences, eu possuía um relógio, um capacete de cortiça, uma bússola e uma Bíblia; os Yahoos olhavam para essas coisas, sopesavam-nas e queriam saber onde eu as havia recolhido. Costumavam agarrar pela lâmina minha faca de caça; sem dúvida a viam de outro modo. Não sei até onde teriam conseguido ver uma cadeira. Uma casa de vários quartos constituiria um labirinto para eles, mas talvez não se perdessem, como um gato também não se perde, embora não possa imaginá-la. Minha barba maravilhava a todos, pois era vermelha então; acariciavam-na longamente.

São insensíveis à dor e ao prazer, exceto ao gosto que lhes dá a carne crua e rançosa e as coisas fétidas. A falta de imaginação os leva a ser cruéis.

Falei da rainha e do rei; agora passo aos feiticeiros. Escrevi que são quatro; esse número é o maior que a aritmética deles alcança. Contam nos dedos um, dois, três, quatro, muitos; o infinito começa no polegar. A mesma coisa, afirmam-me, ocorre com as tribos que vagueiam nas imediações de Buenos Aires. Embora o quatro seja a última cifra de que dispõem, os árabes que negociam com eles não os roubam, porque na troca tudo se divide por lotes de um, de dois, de três e de quatro, que cada um põe de seu lado. As operações são lentas, mas não admitem erro ou engano. Da nação dos Yahoos, os feiticeiros são realmente os únicos que despertaram meu interesse. O vulgo lhes atribui o poder de transformar em formigas ou em tartarugas aqueles que eles assim desejam; um indivíduo que percebeu minha incredulidade me mostrou um formigueiro, como se este fosse uma prova. Os Yahoos não têm memória ou quase não a têm; falam dos estragos causados por uma invasão de leopardos, mas não sabem se foram eles que a viram ou se foram seus pais ou se estão contando um sonho. Os feiticeiros a possuem, embora em grau mínimo; podem recordar à tarde os fatos que aconteceram de manhã ou mesmo na tarde anterior. Gozam também da faculdade da previsão; declaram com tranqüila certeza o que sucederá dentro de dez ou quinze minutos. Indicam, por exemplo: "Uma mosca vai roçar minha nuca" ou "Não tardaremos a ouvir o pio de um pássaro". Centenas de vezes testemunhei esse curioso dom. Muito refleti sobre ele. Sabemos que o passado, o presente e o futuro já estão, ponto por ponto, na profética memória de Deus, em Sua eternidade; o estranho é que os homens possam olhar, indefinidamente, para trás, mas não para a frente. Se me lembro com toda a nitidez daquele veleiro de alto bordo que veio da Noruega quando eu contava apenas quatro anos, por que me surpreender com o fato de alguém ser capaz de adivinhar o que está para acontecer? Filosoficamente, a memória não é menos prodigiosa que a previsão do futuro; o dia de amanhã está mais próximo de nós que a travessia do mar Vermelho pelos hebreus, a qual, no entanto, recordamos. Para a tribo é vedado fixar os olhos nas estrelas, privilégio reservado aos feiticeiros. Cada feiticeiro tem um discípulo, a quem instrui desde pequeno nas disciplinas secretas e que o sucede quando de sua morte. Assim são sempre quatro, número de caráter mágico, já que é o último que a mente dos homens alcança. Professam, a seu modo, a doutrina do céu e do inferno. Ambos são subterrâneos. No inferno, que é claro e seco, morarão os doentes, os anciães, os maltratados, os homens-macacos, os árabes e os leopardos; no céu, que imaginam pantanoso e escuro, o rei, a rainha, os feiticeiros, os que na terra foram felizes, duros e sanguinários. Veneram também um deus, cujo nome é Esterco, e que possivelmente inventaram à imagem e semelhança do rei; é um ser mutilado, cego, raquítico e de ilimitado poder. Costuma assumir a forma de uma formiga ou de uma cobra.

Ninguém se assombrará, depois do que ficou dito, de que durante minha estada não tenha conseguido a conversão de um único Yahoo. A frase "Pai nosso" perturbava-os, já que carecem do conceito de paternidade. Não compreendem que um ato executado há nove meses possa guardar alguma relação com o nascimento de uma criança; não admitem uma causa tão distante e tão inverossímil. Além do mais, todas as mulheres conhecem o comércio carnal e nem todas são mães. O idioma é complexo. Não se assemelha a nenhum outro dos que eu tenha notícia. Não podemos falar de partes da oração, já que não há orações. Cada palavra monossílaba corresponde a uma idéia geral, que se define pelo contexto ou pelos gestos. A palavra *nrz*, por exemplo, sugere a dispersão ou as manchas; pode significar o céu estrelado, um leopardo, um bando de aves, a varíola, o salpicado, o ato de esparramar ou a fuga que se segue à derrota. *Hrl*, ao contrário, indica o apertado ou o denso; pode significar a tribo, um tronco, uma pedra, um monte de pedras, o fato de empilhá-las, o congresso dos quatro feiticeiros, a união carnal e um bosque. Pronunciada de outra maneira ou com outros gestos, cada palavra pode ter um sentido contrário. Não nos maravilhemos excessivamente; em nossa língua, o verbo *to cleave* equivale a "fender" e a "aderir". Evidentemente, não há orações, nem sequer frases truncadas.

A virtude intelectual de abstrair que semelhante idioma postula, sugere-me que os Yahoos, apesar de sua barbárie, não são uma nação primitiva, e sim degenerada. Confirmam essa conjectura as inscrições que descobri no cume da meseta e cujos caracteres, que se assemelham às runas que nossos antepassados gravavam, já não podem ser decifrados pela tribo. É como se esta tivesse esquecido a linguagem escrita e só lhe restasse a oral.

As diversões das pessoas são as rinhas de gatos adestrados e as execuções. Alguém é acusado de atentar contra o pudor da rainha ou de ter comido à vista de outro; não há declaração de testemunhas nem confissão e o rei dita seu julgamento condenatório. O sentenciado sofre torturas que procuro não recordar e depois o apedrejam. A rainha tem o direito de atirar a primeira pedra e a última, que costuma ser inútil. O gentio elogia sua destreza e a beleza de suas partes e com frenesi a aclama, lançando-lhe rosas e coisas fétidas. A rainha, sem nenhuma palavra, sorri.

Outro costume das tribos são os poetas. Acontece de um homem ordenar seis ou sete palavras, em geral enigmáticas. Não pode se conter e as diz aos gritos, de pé, no centro de um círculo que os feiticeiros e a plebe formam, estendidos na terra. Se o poema não os excita, não acontece nada; se as palavras do poeta os assustam, todos se afastam dele, em silêncio, sob o domínio de um horror sagrado (*under a holy dread*). Sentem que foi tocado pelo espírito; ninguém falará com ele nem olhará para ele, nem sequer sua mãe. Já não é um homem, mas um deus e qualquer um pode matá-lo. O poeta, se puder, buscará refúgio nos areais do norte.

Já relatei como cheguei à terra dos Yahoos. O leitor lembrará que me cercaram, que dei um tiro de fuzil para o alto e que tomaram o disparo por uma espécie de trovão mágico. Para alimentar esse erro, procurei andar sempre sem armas. Numa manhã de primavera, ao raiar do dia, os homens-macacos nos invadiram de repente; desci correndo do cume, de arma na mão, e matei dois daqueles animais. Os demais fugiram, atônitos. As balas, como é sabido, são invisíveis. Pela primeira vez em minha vida, ouvi que me aclamavam. Foi então, creio, que a rainha me recebeu. A memória dos Yahoos é precária;

naquela mesma tarde fui embora. Minhas aventuras na selva não têm importância. Dei por fim com uma povoação de homens negros, que sabiam arar, semear e rezar e com eles me entendi em português. Um missionário católico, o padre Fernandes, hospedou-me em sua cabana e cuidou de mim até que consegui retomar minha penosa viagem. No início me causava algum asco vê-lo abrir a boca sem dissimular e lançar lá dentro bocados de comida. Eu me tapava com a mão ou desviava os olhos; poucos dias depois me acostumei. Recordo com prazer nossos debates sobre matéria teológica. Não consegui que voltasse à fé verdadeira de Jesus.

Escrevo agora em Glasgow. Relatei minha estada entre os Yahoos, mas não seu horror essencial, que nunca me deixa inteiramente e me visita nos sonhos. Na rua julgo que ainda me rodeiam. Os Yahoos, bem o sei, são um povo bárbaro, talvez o mais bárbaro do planeta, mas seria uma injustiça esquecer certos traços que os redimem. Têm instituições, gozam de um rei, manejam uma linguagem baseada em conceitos genéricos, crêem, como os hebreus e os gregos, na raiz divina da poesia e adivinham que a alma sobrevive à morte do corpo. Afirmam a verdade dos castigos e das recompensas. Representam, em suma, a cultura, como nós a representamos, apesar de nossos muitos pecados. Não me arrependo de ter combatido em suas fileiras, contra os homens-macacos. Temos o dever de salvá-los. Espero que o Governo de Sua Majestade não deixe de atender o que se atreve a sugerir este informe.

jorge Francisco Isidoro luis borges Acevedo nasceu em Buenos Aires, em 24 de agosto de 1899, e faleceu em Genebra, em 14 de junho de 1986. Antes de falar espanhol, aprendeu com a avó paterna a língua inglesa, idioma em que fez suas primeiras leituras. Em 1914 foi com a família para a Suíça, onde completou os estudos secundários. Em 1919, nova mudança — agora para a Espanha. Lá, ligou-se ao movimento de vanguarda literária do ultraísmo. De volta à Argentina, publicou três livros de poesia nos anos 1920 e, a partir da década seguinte, os contos que lhe dariam fama universal, quase sempre na revista *Sur*, que também editaria seus livros de ficção. Funcionário da Biblioteca Municipal Miguel Cané a partir de 1937, dela foi afastado em 1946 por Perón. Em 1955 seria nomeado diretor da Biblioteca Nacional. Em 1956, quando passou a lecionar literatura inglesa e americana na Universidade de Buenos Aires, os oftalmologistas já o tinham proibido de ler e escrever. Era a cegueira, que se instalava como um lento crepúsculo. Seu imenso reconhecimento internacional começou em 1961, quando recebeu, junto com Samuel Beckett, o prêmio Formentor dos International Publishers — o primeiro de uma longa série.

Esta obra foi composta em
Walbaum por warrakloureiro
e impressa em ofsete pela
Gráfica Paym sobre papel
Pólen Bold da Suzano S.A.
para a Editora Schwarcz
em agosto de 2021

A marca FSC® é a garantia de que a madeira utilizada na fabricação do papel deste livro provém de florestas que foram gerenciadas de maneira ambientalmente correta, socialmente justa e economicamente viável, além de outras fontes de origem controlada.